http://www.bbulmedia.com

BBULMEDIA

http://www.bbulmedia.com

신
조
선
책
략

영웅이 시대를 만드는가, 시대가 영웅을 만드는가.

어쩌면, 이국땅에서 새로운 삶을 개척한 조선인 청년, 김유진.

그는 조선에 어떤 미래를 가져올 것인가!

세기 말, 격동하는 세계 새로운 세상을 꿈꾸는 이들의 분투가 시작된다!

이혁 대체역사소설

뿔미디어

목차

1장

귀로(歸路)

괴물과 싸우는 사람은 그 싸움 속에서 스스로도
괴물이 되지 않도록 조심해야 한다.

우리가 괴물의 심연을 오랫동안 들여다본다면 그
심연 또한 우리를 들여다보게 될 것이다.

— 프리드리히 빌헬름 니체(Friedrich Wilhelm
Nietzsche),
⟨선악의 저편(Jenseits von Gut und Böse)⟩

*   *   *

'조선……. 이 얼마 만인가.'

올해 스물 셋의 청년, 김유진(金惟眞)은 뱃전에 서서 생각에 잠겨 있었다. 수차례 배를 타고 항해를 했지만 이번은 기분이 특별했다. 그도 그럴 것이, 14년 만에 태어난 조국으로 돌아가는 것이었다.

배는 블라디보스토크를 출발하여 나가사키로 향하는 러시아 국적의 상선이었다. 교역 목적의 화물 운송이 이 배의 본업이었지만, 가끔 여객을 싣고 향하기도 했다.

하나 이 배의 유일한 동양인 승객, 김유진은 다른 목적이 있었다. 그는 선장에게 항해 도중 최대한 조선 땅 가까운 곳으로 배를 움직여 근처에 상륙해달라고 부탁했다.

"미스떼르(мистер), 괜찮겠소? 조선은 몰래 들어온 외부인에게 절대 관대하지 않다고 들었는데."

"저야 본래 조선 사람 아닙니까. 너무 걱정 마십시오."

유진이 웃으면서 자신감을 표하자, 선장은 고개를 끄덕거리고 해도를 펼쳤다.

"좋소. 특별한 부탁도 받고 했으니……. 그럼 포트 라자레프(Port Lazarev, 영흥만)로 들어가서 원산 인근에 상륙해 주도록 하겠소. 원산은 개항이 돼서 일본 상선도 드나든다고 하니 별 문제 없을 거요."

"배려에 감사드립니다, 선장님."

"별말씀을."

덥수룩한 수염을 기른 선장은 험상궂어 보이는 외모와 달리 친절한 사람이었다. 유진이 사의(謝意)를 표하자, 선장은 씩 웃을 뿐이었다.

사실, 유진이 조선에 돌아갈 이유는 하나도 없었다. 돌아가 봤자 반겨 줄 가족이 있는 것도 아니었고, 유년기의 추억이 있는 것도 아니었다. 10년 전에 돌아가신 아버지의 절규와 같던 유언이 아니었다면, 별다른 기억도 없는 조선 땅에 돌아가고 싶다는 마음도 들지 않았을 것이다.

'내 아들아, 잊지 말거라. 비록 내가 이 아령(俄領—러시아 영토)땅에서 죽는다만, 우리는 성상(聖上)의 신하이며, 조선의 백성이다. 신하 된 몸으로 죄를 짓고 쫓겨나 이국땅에서 죽으니 죽어서도 이 죄를 어찌 갚으랴. 명심하거라. 나라에 대한 충성을 내가 다 바치지 못하였으니, 네가 내 뜻을 이어야 한다. 알겠느냐? 기회가 되면 반드시 조선으로 돌아가 나라의 은혜에 보답해야 한다.'

아버지, 가련한 아버지.

14년 전, 함경도 경흥(慶興)의 무관이었던 아버지는 부패한 상관의 미움을 받아 두만강 건너 러시아인과 내통하여 국경을 열어 줬다는 황당한 죄명을 뒤집어쓰고 생사의 위기에 놓였다. 꼼짝없이 죽게 될 판국에 아버지는 아내와 어린 두 자식을 이끌고 어쩔 수 없이 두만강을 건너야 했고, 이미 몇 년 전부터 러시아령 연해주에 정착해 살던 조선 사람들의 마을에 새 터전을 갖게 되었다.

하나 이 상황에서도 왕조에 대한 아버지의 충성심은 여전했다.

그는 국경을 넘어 러시아 땅에서 사는 것을 나라에 대한 배신으로 생각했고, 자신이 정말로 배신자가 되었다고 생각했다. 아마 아버지를 모함했던 그 상관이 알았으면 기뻐했을 것이다. 그것 봐라, 내가 모함을 한 게 아니라 정말로 배신할 놈이 아니었더냐, 하고.

아버지는 3년이 넘는 시간을 러시아 땅에서 머물면서도, 언젠가 반드시 자신이 사면이 되어 조선으로 돌아갈 것이라 믿어 의심치 않았다.

러시아에서 조선으로 돌아가기는커녕 함경도에 엄청

조선
신건
책략

난 가뭄과 흉작으로 수천 명의 사람들이 식량을 찾아 두 만강을 건너오는 상황에서도, 수많은 사람들이 굶주림을 견디다 못해 죽어 나가고, 결국 아내와 어린 딸이 그 기아(飢餓)의 해 겨울을 넘기지 못하고 생을 마쳤을 때에도, 조선인 마을을 습격하던 홍호자(紅鬍者)와 맞서 싸우다 중상을 입어 결국 그 상처를 극복하지 못해 임종이 임박했을 때에도 임금과 왕조에 대한 충성심은 변치 않았다.

이제 세상에 홀로 남을 자식에 대한 걱정보다 나라와 임금에 대한 충성을 맹세할 것을 아들에게 종용하던 아버지였다.

'아버지와 달리 내가 조선에 대한 무슨 의리가 있어서 돌아간단 말인가?'

유진은 자신이 미친 짓을 하고 있다고 생각했다. 아마 러시아령에 사는 조선 사람 중 그보다 더 성공적인 인생을 살던 사람도 없을 터였다. 훌륭한 양부모를 만나, 고등교육까지 받게 되었다. 그런데 무슨 바람이 불어 잘 다니던 대학까지 그만두고, 반겨 줄 이 하나 없는 조선 땅으로 돌아간단 말인가.

갑자기 향수병이 든 것도 아니었다. 단지 완벽한 조선인도 완벽한 러시아인도 아닌 자신의 애매모호한 정체성을 새삼 깨닫게 되지 않았더라면 그 머나먼 길을 돌아 조선으로 돌아오지 않았을 터였다.

'결국 뿌리는 속일 수 없단 말인가.'

유진은 아버지가 남긴 유일한 유품인 환도(環刀)를 들어 올리면서 쓴웃음을 지었다.

이 작지만 무거운 칼이 아버지가 한때 조선의 무관이었음을 알려 주는 유일한 증표였다. 지난 10년간 여러 번 터전을 옮기면서 지구 반 바퀴를 도는 경험을 했지만, 이 칼만큼은 무사히 간수하기 위해 노력했다.

이 칼을 조선 땅에 다시 가지고 감으로써, 유진은 아버지와 조선에 대한 의무를 정리할 생각이었다.

                    *   *   *

"행운을 빕니다, 미스떼르 김."

"감사합니다, 선장님. 선장님의 항해에도 행운이 가득하길 바랍니다."

선장과 유진은 이별의 악수를 나누었다.

아직 조선과 러시아 간에 공식적인 수교가 없는 만큼, 어두운 밤을 이용해 영흥만으로 들어온 것이었다. 근해에 배를 세워 두고, 선장은 선원 두 명과 직접 보트를 몰아 육지까지 인도했다. 유진은 선장의 배려에 다시 한 번 감사를 표하고, 선장이 탄 보트가 시야에서 사라질 때까지 모자를 들어 인사했다.

'드디어 조선인가!'

14년 만에 밟은 조선 땅에 유진은 신선한 느낌을 받았다.

원산은 그가 아주 어렸을 때 살았던 곳이었다. 무관인 아버지의 임지를 따라 두만강변으로 옮기게 되어 이곳에 대한 기억은 거의 없었지만, 그래도 전혀 낯선 곳은 아니었다.

원산이 올해부터 개항이 되었단 이야기는 유진도 들어 알고 있었다.

밀입국자 신분인 유진은 날이 밝으면 원산 읍내로 들어가 숙소를 찾아서, 적당히 조선옷을 구해 주민처럼 행세할 생각이었다. 그리고 영흥(永興), 한때 화령(和寧)이라고도 불린 그곳에 있다는 조상들의 선산을 찾을 예정이었다. 그것은 아버지의 또 다른 유언이기도 했다.

달빛이라도 있으면 좋으련만, 시야는 어두컴컴하기 짝이 없었다. 방향도 모른 채 직감을 따라 무작정 걷던 유진은 참 이상하단 생각이 들었다.

'오늘이 월식이었나? 이토록 어두울 수가 있나.'

어디로 가는지도 모른 채, 그저 본능을 따라 어둠 속을 걷는 것이 꼭 자신의 미래를 보는 것 같아 우습다는 생각이 들었지만, 뾰족한 수가 없는 이상 그저 걸을 뿐이었다.

얼마나 걸었을까. 슬슬 지루함과 외로움을 느낄 무렵, 유진은 마침내 흔들리는 불빛을 발견하고 그곳을 향해 달려갔다.

'사람이다!'

사람을 만나게 된 게 이토록 반가울 수가 없었다.

"저, 실례합니다, 아주머니. 잠시 길 좀 여쭙겠습니다."

유진은 자신도 모르게 조선말이 튀어나왔다.

"에그머니나!"

그런데 초롱불에 비친 유진의 모습을 살펴보던 여인은 소스라치게 놀라면서 도망치는 것이 아닌가.

"아니, 아주머니!"

유진이 붙잡을 틈도 없었다. 갑작스러운 반응에 유진은 황당하기 짝이 없었다.

'아니, 대체 내가 뭘 어쨌다고 도망을 가는 거야. 내가 무슨 짓이라도 할까 봐?'

어두운 밤에 우연히 만난 낯선 사람에게 놀랐다고 해도, 과민반응이란 생각이 들 수밖에 없었다. 하지만 유진은 자신이 프록코트에 양복 차림이라는 것, 그게 조선 사람에겐 엄청 이질적인 복장이라는 걸 깨닫지 못하고 있었다.

유진은 허탈한 마음으로 다시 기약 없는 걸음을 할 수밖에 없었다. 얼마나 걸었을까, 이번엔 시야 저편에서 여러 개의 불빛이 흔들리고 있었다.

"저기, 저놈인가 본데!"

"머리 깎은 것부터 옷에 이르기까지 왜놈이 틀림없구만그래."

"왜놈치곤 키가 너무 큰데……."

"옷 입은 거 보소. 양놈옷을 입고 있는 게 암만 봐도 왜놈이구만. 어딜 봐서 조선 사람이요?"

갑작스레 유진의 시야에 난입한 사람들은, 횃불을 들고 있는 네 명의 남자였다.

상투를 틀고 낡은 한복을 입은 사내들은 이해할 수 없을 정도로 적대적인 태도였다. 그럼에도 불구하고 유진은 호의적인 미소를 지으며 말문을 열었다.

"어르신들, 전 원산 읍내로 가고 싶습니다. 방향이 어느 쪽인지요?"

유진의 입에서 튀어나온 말에, 상대방이 더욱 놀랐다.

"엥? 조선 사람 아녀?"

"허, 그놈 참. 조선말 제법 잘하는구만."

"조선 사람이 조선말을 잘하는 게 이상한 일입니까?"

유진은 혹시 오랜 러시아 생활로 자신이 제대로 된 조선어를 구사하지 못하는가 하는 의문이 들었지만 그럴 리가 없었다. 불과 얼마 전에도 연해주의 조선 사람들과 조선어로 대화를 나눴는데, 그새 두 지방의 언어가 의사소통도 안 될 정도로 변화하진 않았을 터였다.

"뭔 소리여? 그럼 제 놈도 조선 놈이라 이거여?"

사내들은 유진을 너무나 수상하단 표정으로 쳐다보았다. 프록코트에 양복 차림인 유진은 너무나 이질적인 복장이었다.

"이놈, 거짓말 마라! 무슨 조선 놈이 상투도 안 틀어? 조선 땅에서 네놈처럼 입고 다니는 건 왜놈들밖에 없다!"

"이거 간자(間者) 아녀? 조선말 잘하고 이런 곳에 서성이는 왜놈이 간자 말고 또 뭐가 있겠소?"

사내들이 떠드는 말에, 유진은 더욱 심각함을 느꼈다. 왜놈 어쩌구 하는 건 이상하지만, 자신은 그들에게 불청객임에 틀림없었던 것이다.

갑자기 한 사내가 무언가 생각이 짚이는 것이 있다는 듯, 큰 소리로 외쳤다.

"아! 이놈 천주쟁이 아녀? 아 왜, 예전에도 천주쟁이가 몰래 배 타고 들어온 적 있잖소. 양놈옷 입고 몰래 들어온 조선놈이라면, 천주쟁이가 틀림없소!"

"자네 말이 맞어! 그럼 이놈 발고하지 않으면 우리가 단단히 졸갱이 치겠구만."

'뭔 소리야? 왜놈 다음은 천주교도냐?'

유진은 더욱 황당한 기분이었다. 14년 만에 찾아온 조국이 자신을 환대할 것이라고는 생각 안 했지만, 그렇다 할지라도 이렇게까지 적대 받을 이유는 없었던 것이다. 상황이 심각해지기 전에 이들을 진정시키는 수밖에 없었다.

"저는 틀림없는 조선 사람입니다. 러시아, 아니 북쪽의 아라사(俄羅斯)에서 들어오는 길이라 그들의 의복을 입고 있는 것뿐입니다."

유진은 차분하게 설명하려 했지만, 오히려 그 말이 더더욱 사내들의 경계심을 불러일으켰다.

"엉? 아라사가 어딘데?"

"아 왜 두만강 건너에 사는 양놈들 있잖소. 몇 년 전에도 그놈들이 큰 배를 끌고 오지 않았소? 이놈이 아라사에서 왔다고 하니 그 앞잡이가 틀림없소!"

"간자 아니면 천주쟁이가 틀림없다니까! 어찌 된 영문이든 간에 관아로 끌고 가야 하지 않겠소?"

"그러세나!"

사내들이 결국 적대적인 태도로 나서자, 유진은 본능적으로 방어적인 자세를 취했다.

"아니, 대체 왜들 이러시오!"

"이놈, 순순히 잡히지 못할까!"

상황이 심각하다는 생각에 유진은 짐 속에서 아버지의 유품인 환도를 꺼내 들었다. 갑작스럽게 튀어나온 칼에 사내들은 움찔 놀라고야 말았다.

"나도 무익하게 칼을 쓰고 싶지 않으니, 피차 갈 길 갑시다. 안 그러면 결국 피를 보고 말 거요."

한껏 허세를 부린 것과 달리, 칼자루 안에 숨어 있는 칼은 겉모습은 그럴듯해도 10년 동안 한 번도 날을 갈지 않아 장식용보다 못한 것이었다.

더욱이 유진은 칼 쓰는 법이라면 거의 몰랐다. 총을 쏘는 법은 배웠지만, 칼과 활에 능했던 아버지와 달리 그는 검술이라면 아는 바가 거의 없었다.

사내들이 뒤로 주춤주춤 물러서자, 유진은 등을 돌려 냅다 달리기 시작했다. 아무리 자신이 무기를 가지고

신
조선
책략

있다지만 상대방은 넷이었고, 쓸데없이 폭력을 쓰고 싶
지도 않아 유진은 도망을 선택했다. 달리기라면 자신이
있었던 것이다.

"저놈! 저놈 잡아라!"

정신없이 뛰면서도, 유진은 너무나 황당해서 견딜 수
가 없었다.

'도대체 뭐가 어떻게…… 된 거지?'

한참을 도주해서 따돌렸다고 생각하던 찰나에, 유진
은 무언가에 걸려 넘어졌다. 아니, 넘어진 정도가 아니
라 마치 끝없는 구렁텅이 속으로 떨어지는 듯한 느낌을
받으며, 유진은 그대로 정신을 잃었다.

*   *   *

"Hallo, hallo, Bist du wach(애, 애, 정신이
드니)?"

소년은 귀를 속삭이는 낯선 말에 정신이 들었다. 눈
을 떠서 주위를 둘러보니, 생전 처음 보는 형태의 집과
가구들이 있었다.

고개를 돌려보니 바로 곁에 갈색 머리의 서양인 소녀
가 신기하다는 듯이 쳐다보고 있었다. 소녀의 초록색

눈과 부딪히는 순간 소년은 화들짝 놀랐다.

"Mama! Papa! Der Asiatische Junge ist aufgewacht(엄마! 아빠! 이 동양 아이 깨어났어요)!"

소녀가 쪼르르 달려가 제 부모를 부르자, 곧 풍채 좋은 중년의 사내와 아름다운 부인이 들어왔다.

"Wie heißt du? Und woher kommst du(네 이름은 뭐니? 어디에서 왔어)?"

사내는 웃음을 지으며 말했지만, 생전 처음 듣는 말에 소년은 당혹스러워했다.

"Liebling, wie soll das Kind dich denn verstehen wenn du Deutsch sprichst(여보, 독일어로 말하면 얘가 어떻게 알아듣겠어요)?"

부인의 당연한 지적에 남편은 동의를 했다.

"Ah, du hast recht, aber mein Russisch ist noch nicht so gut······. Nun, ich versuche es mal mit Russisch(아, 당신 말이 맞아. 이거 아직 러시아어는 영 익숙하지 않아서······. 그럼 러시아어로 해 보지). ты, понимаете речи Моей(너, 내 말 알아듣겠느냐)?"

독일어든 러시아어든 소년은 알지 못하는 말이었다.

처음 보는 사람들에다가 전혀 알아듣지 못하는 말에 소년이 겁먹은 표정을 짓자, 부인이 딱하다는 듯이 말했다.

"서두를 게 뭐 있겠어요? 배고픈 것 같은데 일단 음식이라도 좀 먹이는 게 어떨까요."

"그러도록 하지."

오랫동안 굶어서 배가 고팠던 소년은 처음 보는 서양 음식임에도 불구하고 허겁지겁 접시를 비웠다. 나이프와 포크를 쓸 줄 모르기 때문에 익숙한 숟가락으로만 음식을 퍼먹는 모습에, 여자아이가 놀란 듯이 말했다.

"어휴, 바보 같긴. 음식 먹을 줄도 몰라? 꼭 동물처럼 먹네."

"엘리제! 그런 식으로 말하면 못 써."

어머니의 지적에 소녀는 입술을 삐죽거렸지만, 애초에 악의는 전혀 없었기에 곧 호기심을 되찾고 소년의 모습을 쳐다보았다.

꾀죄죄해 보여도 눈빛만큼은 맑은 모습이었다. 소년은 여러 사람의 시선에도 아랑곳없이 오랜만에 보는 음식물을 입속으로 밀어 넣었다.

식사를 마치자, 부인은 하인으로 하여금 소년을 목욕시키게 했다. 소년은 물에 닿는 걸 저항했지만, 막상 목욕이 기분을 좋게 한다는 것을 깨닫게 되자 저항 없이 받아들였다. 목욕을 마친 후에는, 소년이 조선 땅을 떠난 이후 한 번도 다듬어 본 적 없는 머리를 부인이 직접 빗겨 주었다. 소년은 거울 속으로 보이는 자신의 모습이 재미있는지 처음으로 미소를 보였다.

"이 꼬리 같이 땋은 머리는 뭐지? 중국인들이 하는 변발인가?"

"글쎄, 외모나 복색은 중국인하고는 다른 거 같은데. 일본인도 아닌 것 같고."

댕기머리를 처음 본 부인이 궁금해하자, 옆에서 파이프 담배를 물고 있던 남편이 잠시 기억을 더듬었다.

"아! 혹시 코레아니쉬—조선 사람—인가? 그러고 보니 이 근방에 조선 사람들이 꽤 많이 사는데, 아이들이 이런 식으로 머리를 땋았던 것 같아."

그 말을 들은 소년은 처음으로 반응을 보였다. 러시아인들이 자기들을 가리켜 까레야—조선—, 까레예츠—조선 사람—라고 불렀기 때문에 코레아란 말이 귀에 익었던 것이다.

"까레야, 까레야!"

"오! 내 말 알아듣겠어?"

"므이, 까레예츠(우리, 조선 사람)! 까레야!"

신조선책략

"역시 조선 아이였군. 이제 말이 통하면 좋을 텐데."

하나 유감스럽게도 소년이 아는 러시아어는 이게 전부였다.

부부는 의사소통을 결국 포기하고, 일단 하던 일을 계속했다. 댕기머리를 풀어서 길게 늘어진 머리를 리본으로 단정하게 묶고, 깔끔하게 단장해서 유럽의 어린아이들이 입는 수병 복까지 입히자, 거지꼴이었던 옛 모습과는 완전히 다른 귀공자 같은 풍모를 보였다. 옷이 날개라고는 하지만 완전히 바뀐 모습에, 부인은 가볍게 감탄을 표시했다.

"어쩜! 그럴싸하구나."

소년은 거울 속에 비친 자신의 모습이 마음에 드는 듯이 소리 내며 웃었다. 한동안 웃음을 모르고 지내던 그로선 실로 오랜만에 터트린 웃음이었다.

"와! 완전히 딴 사람 같네요."

소녀는 초록색 눈을 크게 뜨며 완전히 바뀐 소년의 풍모에 솔직하게 탄성을 터뜨렸다. 소녀도 생전 처음 보는 동양 아이에게 호기심을 느끼는 듯했다.

"근데 이 아이를 어쩐다지요? 부모가 기다릴지도 모르는데, 우리가 무작정 데리고 있을 수도 없는 노릇이고……."

"그러게 말이오. 내가 주변에 수소문을 해 보도록 하리다. 그동안만 우리가 맡도록 하지."

그렇게 얼마간 식객으로 엘름스호른가에 머물게 된 소년은, 처음에는 어리둥절하다가 곧 그들의 호의를 이해하게 되었다.

의사소통이 되지 않는 답답한 상황을 타개해 보고자 소년은 최대한 그들의 말에 귀를 기울이고, 언어를 익히려고 노력했다.

어느 날, 소년은 딸의 목소리에 응답하여 친절하게 도와주는 어머니의 모습을 보고 죽은 어머니와 여동생이 생각나 갑작스레 우울해졌다. 나도 저렇게 어머니와 여동생이 살아 있으면 얼마나 좋을까, 하고 생각에 빠진 소년은 자신도 모르게 소녀의 말을 따라했다.

"Mama, mama, hilf mir(엄마, 엄마, 나 좀 도와주세요)······."

자신을 향해 불확실한 발음으로나마 독일어로 말을 하는 소년을 보면서, 부인은 짠한 감정이 들었다. 이 소년이 무엇 때문에 슬퍼하는지는 모르지만, 힘없이 서 있는 소년을 꼭 안아 주었다.

소년은 오랜만에 느끼는 어머니의 온기에 마음을 놓았다.

*　　　　*　　　　*

　"으음……."

　칠흑 같은 어둠 속을 끝없이 헤매이던 유진은, 마침
내 긴 터널을 벗어난 듯한 느낌과 함께 눈이 떠졌다.

　'10년도 더 된 옛일이 갑자기 왜 꿈으로…….'

　그래, 이 모든 것이 꿈이겠지…… 참 기묘한 꿈이었
어. 예전에도 이런 일이 있었으니, 무의식적으로 꿈으
로 나타난 것뿐이겠지.

　'그나저나 목이 너무 마르군.'

　마침 머리맡에 물이 놓여 있자, 반가운 마음에 시원
하게 들이켰다. 갈증 해소도 잠시, 유진은 너무나 생경
한 모습에 주위를 살펴보았다.

　그가 알던 일반적인 집은 아니었다. 온돌방에, 병풍
에, 창호지로 된 문까지 마치 구식 한옥 같은 집이었다.

　'여기가 대체 어디야.'

　창호지로 된 방문을 열던 소년의 눈이, 유진의 눈과
부딪혔다. 소년은 화들짝 놀라면서 뒤돌아섰다.

　"스승님!"

　소년의 뒷머리에 달려 있는 것은 댕기였다. 오랜만에

보는 그 모습에 유진은 옛 추억이 떠올랐다.

'뭐야? 꿈이 아니었나?'

이윽고 백발홍안(白髮紅顔)의 풍채 좋은 중늙은이 한 사람이 방 안으로 들어왔다.

"오, 다행이구려. 정신이 드셨소이까?"

말은 통하지만 도포자락에 갓을 쓰고 있는 그 생소한 모습에, 유진은 저도 모르게 머리가 지끈거렸다.

"여기가 어딥니까?"

"아, 의원이외다. 안심하시오. 밖에 있는 저 아이가 내 제자 아인데, 쓰러져 있던 그대를 발견했었소. 다행히 큰 부상은 아니었소이다만, 사흘 밤낮을 꼬박 잠들어 있었소이다. 말이 통하지 않을까 봐 염려가 됐는데 조선말을 할 줄 아시는구려. 그래, 몸은 좀 어떠시오?"

사내는 사람 좋은 웃음을 지었지만, 유진은 더욱더 혼란스러운 느낌이었다.

"괜찮습니다. 그런데 대체…… 여기가 어디죠?"

"조선국 원산이올시다."

"원산인 건 알겠는데…… 오늘이 며칠입니까?"

"오월 열여드레이올시다."

"5월이라고요?"

분명히 며칠 전까지 6월이었다. 시간을 거슬러 올라

왔을 리는 없을 테고, 잠시 생각하던 유진은 조선이 쓰는 역법이 다른 나라들과 다르다는 걸 깨달았다.

"아니, 음력 말고 그레고리력으로는 며칠입니까."

"그레고리력? 서양식 역법을 말하는 것이오?"

백발홍안의 사내는 더욱더 아리송한 표정으로 유진을 쳐다보았다.

"5월 18일이라면, 그럼 오늘은…… 6월 25일이겠군요."

머릿속으로 올해의 양력과 음력의 차이를 계산하던 유진은 답을 내놓았다.

"맞아, 양인(洋人)들은 그런 식으로 날을 세더군. 복색이 범상치 않더니만, 역시나 그대는 조선 사람은 아닌가 보구려."

한동안 미심쩍게 유진을 바라보던 사내는 그때서야 의문이 풀렸다는 듯 웃음을 지었다.

"그대는 어디서 온 누구요? 조선말에 꽤 능통한데, 일본에서 왔소?"

자신을 설명하기가 난감해진 유진이 계속 침묵을 지키자 멋쩍어진 사내는 다시 입을 열었다.

"아, 내 소개를 먼저 해야지. 이 사람은 한양 광통방(廣通坊)에 사는 유학(幼學) 유홍기(劉鴻基)라 하외다.

별호는 대치(大致)라고 한다오. 소일거리 삼아 의업을 하고 있지요. 그 덕에 그대를 치료할 수 있었소."

말하자면 은인인 격이었다. 유진이 고개를 숙여 사의를 표하자, 유대치는 웃음 띤 얼굴로 다시금 물었다.

"그대는 부상을 당해 쓰러져 있었는데, 무슨 일이 있었소?"

"어디선가 굴러 떨어진 것 같은데 그 후론 기억이 없습니다. 그런데 그전에 주민들의 습격을 받았습니다. 왜인이라든지, 천주쟁이든지 이해할 수 없는 말들만 하더군요. 저도 원래 조선 사람입니다만, 이유를 모르겠습니다."

그 말에 유대치는 웃음을 감추고 심각한 표정이 되었다.

"올해 초에 원산이 일본에 개항했소. 그래서 일본인들도 들어오고 있고, 시정도 많이 바뀌었지. 한성에 사는 내가 이번에 원산까지 온 이유도 개항지를 구경해 보려고 온 것이라오. 근데 개항이 되는 과정에서 주민들 입장에서 불쾌할 일들이 있었지요. 뭣보다 일본으로 쌀이 주로 수출되다 보니 쌀값이 많이 뛰었거든. 예전에는 동래를 통해 나갔는데, 이제는 이 원산에서 그대로 일본으로 쌀이 실려 간다오. 동해안으로 일본 어민들이 들어와 죄다 싹 잡아간 경우도 있었고. 그대의 복색이 일본인과 비슷하니, 아무래도 오해를 받은 것 같소. 어허, 개항에 대한 민심이 좋지 못하단 말은 들었지만 이 정도일 줄은······."

유대치의 설명에 유진은 이해가 어느 정도 됐다. 결국 일본인으로 오해 받아 이렇게 된 것인데, 조선 사람들의 반일 감정이 그렇게 강할 줄은 미처 예상하지 못했던 바였다.

"원래 조선 사람이라 했지요? 이제 어떻게 된 사정인지 그대에 대해 좀 물어봐도 되겠소이까?"

유진은 이 사람 좋아 보이는 백발홍안의 사내로부터 기시감을 느꼈다. 돌아가신 아버지를 닮은 것 같기도 했고, 낯선 이를 편견 없이 대하는 태도가 양부모를 생각나기도 했다.

무엇보다 자신의 지난 일을 정리해서 누군가에게 이야기하고 싶다는 욕망이 강하게 들자, 유진은 마침내 입을 열었다. 누군가에게 말하지 않으면 가슴에 쌓인 무언가가 터질 것 같았다. 무엇보다 유대치는 생명의 은인이었고, 정직해 보이는 사내였다.

"그렇다면 제 지난 삶에 대해서 말씀드리겠습니다. 이야기가 좀 길어질 것 같습니다만······."

*　　　　*　　　　*

　함경도 북병영(北兵營)의 종육품 종사관 김홍린(金鴻麟)이 아내와 두 자식을 데리고 두만강을 건너 러시아령으로 이주한 것은 정묘(1867)년 초의 일이었다. 전해인 병인년 12월, 몇 년 전부터 두만강을 건너와 통상을 요구하던 러시아인들이 경흥과 경원을 다시 찾아 변경 교역을 청했다. 이를 이미 수차례 거부했던 국경 관리들은 이번에도 거절의 뜻을 밝혔다. 하물며 얼마 전에는 프랑스 함대가 강화도를 침공한 일이 있어서, 서양 국가와의 통상은 상상조차 못하던 시기였다.

　얼마 뒤인 정묘년 1월, 다시 러시아인들이 찾아와 서찰을 전했다. 그런데 그 서찰 안에는 러시아령으로 이주한 조선인의 글이 있었고, 러시아군을 안내한 것도 이주 조선인이었다.

　두만강 건너의 러시아인과 내통하는 조선 사람이 있다는 의혹이 제기되었는데, 그중에서도 국경 방비를 맡은 무관이 내통한 것 같다는 보고가 올라왔다. 그리고 그 내통자로 지목된 이는 북병영의 무관 김홍린이었다.

　"나는 하늘에 우러러 아라사인들과 내통한 적이 없

네. 북영으로 출두해서 정식으로 조사를 받겠네."

"이보게, 자네 내 말을 못 알아들었군! 자네 북병사 영감에게 밉보인 일이 있지 않았나? 이번 기회에 자네를 없애 버리려고 하는 거야. 지금 북영으로 가면 죽으러 가는 것이나 다름없네!"

마침 절친한 동료무관이 미리 소식을 접하고 김홍린을 찾아 위급을 알린 것이었다.

"내가 국경 방비 상태가 엉망이라고 비판한 건 정당한 일이었네. 어찌하여 북병사 영감이 그 일로 앙심을 품고 나를 모략할 수 있단 말인가?"

강직한 김홍린은 국경방비의 총책임자인 북병사가 방비에는 관심 없고 오직 탐오(貪汚)만을 저지르는 것을 강하게 비판한 적이 있었다. 군기는 엉망이었고, 병사들은 훈련은커녕 개인 사역에 동원되고 있었던 것이다.

"이런 답답한 사람 같으니라고. 자네에게 죄가 있든 말든, 영감에게 자네는 죄인이나 다름없네. 자네가 무고를 증명할 방법도 없어."

"그럼 어찌해야 한단 말인가?"

"방법이 없네. 일단 체포를 피해 두만강을 건너 안전한 러시아령으로 이주하도록 하게."

"뭐라고?! 자네, 나더러 진짜 반역자가 되란 말인가?"

조선 조정은 두만강을 건너 러시아 땅으로 가는 이들을 범월(犯越) 죄인이라 하여 강력하게 단속하고 있었다.

"그럼 앉아서 죽을 텐가? 살아야 무고도 밝히고, 명예도 되찾을 것 아닌가? 일단 화를 피하고 때를 기다리게."

결국 체포가 목전에 닥치자 김홍린은 처자를 데리고 두만강을 건너 러시아령으로 이주할 수밖에 없었다.

러시아 땅으로 이주한 조선 사람은 이미 수천 명이었지만, 대부분은 가난한 농민들이었다. 인구가 희박한 연해주에는 황무지와 같은 토지가 널려 있었고, 조선 사람들은 새 땅에 정착하여 농지를 일구었다. 인력이 부족했던 러시아 정부는 조선인 이주민들을 받아들였고, 두만강변을 중심으로 조선인 마을이 형성되었다.

그러나 초기 정착 단계에서는 수확량이 충분치 않았고, 조선에서처럼 지주와 탐관오리의 착취를 받는 일은 없었지만 간간히 넘어오는 홍호자라는 중국인 마적들의 횡포도 심했다.

농사일에 익숙하지 않던 벼슬아치였던 김홍린은 마을 훈장이 되어 아이들을 가르치며 간간히 먹고 사는 정도

신조선책략

였다. 오직 무고가 밝혀져 조선으로 돌아갈 날만 기다릴 뿐, 고생은 그의 부인이 도맡아 하였다.

기사(1869)년, 함경도 일대에 대홍수가 일어나 큰 흉년이 발생했다. 전례 없는 큰 기근이 발생하여 아사자가 속출하자 함경도 주민들은 대거 두만강을 건너 러시아령으로 이주했다. 그 수는 6,500여 명으로 지금까지의 이주민의 몇 배가 넘는 규모였다.

급하게 러시아 지방 당국은 구호를 실시했지만, 갑작스럽게 불어난 인구를 감당할 수 없었다. 굶주림으로 쇠약하진 이들 사이에서 전염병이 돌았고, 수많은 이주민이 죽어 나갔다.

그해 겨울, 어린 김유진은 전염병으로 어머니와 여동생을 잃었다. 사랑하는 가족을 연달아 잃은 유진은 큰 충격을 받을 수밖에 없었다.

고통은 쉴 틈 없이 찾아왔다. 김홍린은 아내와 딸을 잃고 슬픔에 잠겼지만, 그래도 그는 조선인 마을의 몇 안 되는 지식인으로서 지도자 격의 인물이 되었다. 러시아의 행정력이 못 미치는 국경 주변에서 중국인 마적들은 횡포를 부렸는데, 횡포를 견디지 못한 조선인들은 러시아 측에 주둔 병력을 요청하고, 젊은 주민들로 구성된 자경단을 조직했다. 무관이었던 김홍린은 지도자가 되어 그들을 훈련시켰다.

그러나 총포나 도검도 없이 쇠붙이로 어설프게 무장한 자경단은 마적들의 상대가 되지 못했다. 마적들의 습격에 맞서 진두에서 지휘하던 김홍린은 그들의 총탄에 중상을 입었고, 결국 그 상처가 낫지 못해 치명상이 되고야 말았다.

"내 아들 유진아⋯⋯. 이 세상에 너를 홀로 두고 떠나게 되어 이 아비는 죽어도 눈을 감지 못하겠구나. 내가 죽으면 다시 조선으로 돌아가거라. 그리고 영흥으로 가거라. 거기엔 내 사촌들이 살고 있으니, 너를 보살펴 줄 것이다⋯⋯. 알겠느냐? 반드시 조선으로 돌아가, 반듯한 사람이 되거라. 그리고 큰 인물이 되어 이 애비가 못한 만큼 나라와 임금을 위해 충성을 바치거라."

마지막까지 아들에게 왕조를 위해 충성을 바칠 것을 당부하던 김홍린은 아직 삼십대의 젊은 나이에 유명을 달리하고 말았다. 김유진은, 나이 열둘에 천애 고아가 된 것이었다.

이웃들의 도움을 받아 아버지의 장례를 마친 유진은, 아버지의 유언대로 집을 나섰다. 일단 남쪽으로 가서 두만강을 건너 조선으로 돌아갈 생각이었다.

하지만 어린아이에게 초행길은 만만치 않았다. 어떻

게 가야 할지 길도 방법도 몰랐고, 노숙하고 굶어 가며 그저 기약 없이 남쪽이라 생각되던 곳을 향해 걸어갈 뿐이었다. 자신도 모르는 사이에 두만강이 아니라 바다를 향해 걸어가고 있던 그는 굶주림과 피로를 이기지 못하고 포시예트(Посьета)항 언저리에서 쓰러지고야 말았다.

*   *   *

마침 포시예트 항에 정박 중이던 독일인 선장이 항구 주변을 산책 중에 쓰러져 있던 동양인 소년을 발견하지 못했더라면, 어쩌면 유진은 자신의 가족들의 뒤를 따라 갔을지도 모를 일이었다.

선장 부부는 긴급히 데려온 소년을 구호했을 뿐만 아니라, 가족처럼 친근하게 대해 줬다. 부모와 누이를 잃고 깊은 슬픔에 잠겨 있던 소년은 오랜만에 보는 따뜻한 가족애에 마음을 열었다.

나중에야 알게 된 사실이었지만, 이 가족은 블라디보스토크에서 사업을 하는 독일계 선장 가족이었다. 러시아 제국에는 이른바 발트 독일인(Baltic German)이라고 해서 발트해 연안에 사는 독일계들이 많이 거주하는데, 이 가족 같은 경우엔 아예 북독일에서 온 독일 사람들이었다.

언뜻 보기에 차가워 보이는 외모와 달리, 이 선장 부부는 정말로 마음이 따뜻한 사람들이었다. 그것은 유진의 큰 행운이었다.

인종은 달랐지만 호감 가는 외모에 총명한 머리를 가진 소년은 금세 그들이 사용하는 독일어를 흉내 내기 시작했고, 부인은 소년에게 직접 독일어와 프랑스어를 읽고 쓰는 것을 가르치기 시작했다. 하루가 다르게 언어를 익혀 나가는 그 빠른 속도에 가족들은 감탄해 마지않았다.

어느 정도 기초적인 의사소통이 이루어지자, 유진은 자신의 과거에 대해 간단히 정리해서 말했다. 자신은 러시아 건너 조선이란 나라에 살았고, 러시아에 온 이후 가족들을 잃게 되어 떠돌아다니게 되었다고 했다. 하나 자신은 거지는 아니며, 아버지는 조선에서 무관 벼슬을 하던 장교였음을 강조했다.

"그럼 고아라는 말인데…… 어린 나이에 참 안 됐구나."

"우리가 발견하지 않았으면 저 아이는 암흑 속에 있는 거나 마찬가지였을 거예요."

"맞아, 페터가 살아 있으면 딱 저 정도 나이였겠지……."

남편이 파이프를 물고 옛 생각에 잠기자, 부인이 마침내 결심한 듯이 말했다.

"여보, 우리가 키우도록 해요. 이곳에 오기 전에 우린 아들을 잃었고, 저 아이는 부모를 잃었잖아요. 한 가지가 결핍한 사람들끼리 만난 건데, 이것도 하느님의 뜻 아니겠어요?"

담배 한 대를 다 태울 때까지 고민하던 남편이 마침내 재를 털면서 말했다.

"당신 말이 맞소. 그러도록 합시다."

원래 하노버 왕국(Königreich Hannover)의 해군 대위였던 알렉산더 폰 엘름스호른(Alexander Von Elmshorn)은 1866년 독일 전쟁의 결과로 하노버 왕국이 프로이센에 의해 멸망당하자, 자동적으로 프로이센 국민으로 편입되었다.

북독일 사람치고는 드물게 독실한 가톨릭 신자인 부부는 남독일의 가톨릭 신자들처럼 군국주의 국가 프로이센을 탐탁지 않아 했다. 이제는 존재하지 않는 왕립 해군에서 전역한 알렉산더는 새로운 일자리를 찾았고,

마침 러시아령 극동의 무역회사에서 높은 급료를 제안
하자 장기 계약을 맺어, 아예 극동으로 이주할 생각을
하고 가족들과 함께 온 것이었다.

알렉산더에게는 부인 헬가(Helga), 그리고 엘리자
베트(Elisabeth), 애칭 앨리제와 요한나(Johanna)
라는 두 딸이 있었다. 그 위로 아들 페터가 있었지만 어
린 나이에 병으로 죽었고, 죽은 자식을 잊지 못하던 헬
가가 그 또래의 동양인 소년을 양자로 받아들인 것이었
다.

하여 이 소년에게 페터란 이름을 붙이려고 하자, 그
동안 한번도 양부모의 의사에 별다른 말을 하지 않던 소
년이 이의를 제기했다.

"김유진이란 이름은 돌아가신 제 부모님이 물려주신
성과 이름입니다. 두 분의 은혜에는 감사드리지만, 이
름을 바꿀 수는 없어요."

아버지로부터 전통적인 조선식 교육을 받은 유진은
생소한 서양식 이름을 가진다는 것에 강한 거부감을 드
러낸 것이었다. 무엇보다 이름마저 잃어버리면 돌아가
신 부모님과 영영 연이 끊기는 것 같았다.

"파파, 그럼 오이겐(Eugen—독일식)이라고 부르면
되겠네요. 유진(Eugene—영국식)이랑 같은 이름이잖

아요."

단호한 모습을 보이는 소년을 보고 놀란 부모에게 타협책을 제시한 것은 엘리제였다.

유진의 이름과 'Eugene'이 발음이 비슷하단 점에서 그럴싸했다. 유진도 더는 반대하지 않았고, 새 가족들에게서 그는 오이겐 혹은 유진이라고 불리게 되었다.

유진을 9살인 엘리제 또래라고 생각했던 부부는 그가 12살이라는 걸 알고 깜짝 놀랐다. 잘 먹고 자라지 못한 탓에 왜소한 체격에 어려 보이는 외모 때문이었다.

"그럼 학교를 보내야 하는 것 아닌가요?"

"음, 교육은 정식으로 받아야지. 블라디보스토크에 가면 적당한 학교가 있는지 알아봐야겠군."

러시아인 인구도 얼마 되지 않는 블라디보스토크에는 초등학교와 중등학교만이 있었고, 그나마 여학교는 아직 생기지도 않은 터였다.

국민교육이 확립되지 못한 러시아에선 귀족들의 자제는 가정교사의 교육을 받는 전통적인 방식이 고수되고 있었다. 딸들의 교육은 가정교사를 불러서 한다고 쳐도, 독일식 국민교육에 익숙한 알렉산더는 학교가 있다면 마땅히 정식 교육을 받아야 한다는 입장이었다.

학교에 입학하기에 앞서 유진은 엘름스호른 부부의

뜻대로 정식으로 가톨릭 세례를 받았다. 알렉산더는 대부(代父)가 되어 주었고, 세례명은 용을 잡는 기사로 유명한 성 게오르기우스(St. Georgius) 혹은 제오르지오였다. 마침 성당을 찾은 날이 성 게오르기우스 축일이었던 것이다.

"게오르기우스 성인께선 악을 무찌르는 선의 승리를 상징하는 분이시지. 그대도 성인의 삶을 본받아 선의 승리를 위해 노력하게."

기독교에 대해선 거의 알지 못하는 유진이었지만, 백마를 타고 사악한 용을 잡는 성 게오르기우스의 위풍당당한 모습이 그려진 성화(聖畵)를 보고 적잖이 마음에 든 터였다.

"그리하겠습니다."

부부는 유진을 학교에 입학시키기 전, 1년간 가정교사를 초빙하여 공부를 시켰다.

열두 살로 이미 중등학교 과정에 진학할 나이였지만 정식 교육을 받은 바가 없고 러시아어도 능숙하지 못한 유진에겐 어쩔 수가 없는 선택이었다.

익숙하지 않은 러시아어에 당혹스러울 때가 한두 번이 아니었지만 그럴수록 유진은 더더욱 열심히 공부에

42

매진했다. 비상할 정도의 이해력과 기억력을 갖춘 유진은 언어에 익숙해지자 생각보다 훨씬 빠르게 1년 만에 초등과정을 이수하고, 김나지움(Gymnasium : 인문계 중등학교 과정) 편입 시험을 볼 수 있게 되었다.

"너는 내가 생각했던 것보다 훨씬 공부에 재능이 있는 것 같다. 부디 열심히 공부해서 훌륭한 사람이 되어야 한다."

학교에 들어가기 전 엘름스호른 가에서 머무르던 시절은 유진의 삶에서 가장 행복한 시절이었다.

그들의 은혜에 보답하기 위해서라도 맹렬히 공부해야만 했다. 김나지움에서는 러시아어, 교회(고전)슬라브어, 라틴어, 그리스어, 프랑스어, 독일어와 같은 각종 언어와 역사학, 지리학, 종교학, 논리학, 수학, 물리학 등을 가르쳤다. 교회슬라브어나 그리스어와 같은 고전 언어는 학을 뗄 정도로 어려웠지만, 특유의 재능과 노력으로 학업을 거듭할수록 곧장 두각을 드러냈고, 근본도 없는 동양인이라고 우습게 보던 교사와 학생들도 놀랄 정도였다.

*   *   *

김나지움은 기숙학교였다. 방학을 맞아 엘름스호른가로 돌아오면 가족들이 유진을 환대했다. 선장이라는 직업상 알렉산더는 집을 비우는 일이 많았고, 인구도 적고 즐길 거리도 거의 없는 극동에서의 삶은 유럽인인 그들에겐 지루한 것이었다. 유일하게 학교를 다니는 유진은 엘리제와 요한나 자매에게 큰 부러움이었다.

"유진, 학교생활은 어때? 재미있어?"

"공부하는 건 재미있어. 알지 못하는 새로운 걸 배운다는 건 흥미로운 일이니까."

처음 봤을 땐 말괄량이 같던 엘리제는 십대가 되면서 총명하고 호기심 많은 소녀로 성장하고 있었다. 남매나 다름없는 사이인 그들은 스스럼없이 어울리고 있었다.

"나도 학교 다니고 싶다! 가정교사 선생님은 좋은 분이지만, 솔직히 말해서 재미없어. 읽고 싶은 것도 마음대로 못 읽게 하고."

'학교 다니는 것도 썩 즐거운 일은 아닌데.'

러시아 이주민보다 군인이 더 많은 연해주의 상황에서, 학교를 다니는 학생들은 대부분 군인의 자제였다.

대개 극동 생활을 지루해하며 사관학교 지망생인 그들은 청소년기의 집단 문화까지 형성되어 행동이 거칠었고, 학교의 유일한 동양인인 유진을 우습게 여기고 몇 차례 시비를 걸었다.

조용히 그들의 시비를 감내하던 유진이 마침내 강경하게 대응을 했다. 경악하는 패거리의 몰매를 맞으면서도, 그들의 우두머리 하나만을 초주검이 될 때까지 두들겨 팬 것이었다.

피투성이가 되면서도 악귀처럼 덤벼들었던 유진을 보고 다시는 건드리는 인간이 없었다.

뒤늦게야 사정을 알게 된 교사들은 싸움에 가담한 학생들을 모두 정학 처리했고, 이후로는 학교에서 고고한 학처럼 혼자 지내고 있었다. 마음을 열 친구 대신 오직 책만이 유진의 친구였다.

유진이 특히 탐독한 것은 역사책이었다. 이 시대 야망을 가진 청년들의 우상이 흔히 나폴레옹 보나파르트였고, 심지어 나폴레옹과 전쟁을 치른 러시아에서도 그랬다. 나폴레옹 전기는 유진이 가장 아끼는 애독서가 되었다. 나폴레옹이 어린 나이에 고향 코르시카를 떠나 외로이 프랑스에서 학업을 했던 것이나, 조선 사람인 자신이 외로이 러시아에서 학업을 하는 것이나, 제국의 변방에 속한 이민족 출신이라는 것도 비슷했다. 소년 나폴레옹이 프랑스의 학교에서 코르시카 독립에 대해 골몰했듯이, 유진도 자신이 훗날 금의환향하여 조선의 자주독립을 이끌 것이라 공상하고는 했다.

"뭐하는 거야?"

한동안 유진이 말없이 침묵만을 지키자, 심심해진 엘리제가 유진의 주위를 맴돌다 발을 살짝 들더니 유진의 키와 자신의 키를 비교했다.

"흐응, 진짜 많이 컸네. 예전엔 나랑 키 차이 별로 없었는데. 작고 귀여웠는데 말이지."

"내가 너보다 세 살이나 많고 남자인데, 당연히 너보다 크지."

처음 엘름스호른 가에 들어올 때만 해도 왜소했지만, 서구식 식단으로 영양을 보충하자 유진은 성장기에 맞춰 쑥쑥 키가 크고 있었다. 원래 조선 사람들 중에서도 북방민족의 유전자를 받은 함경도 사람들이 키가 큰 편이라지만, 유진은 유럽인들 못지않게 키가 자라고 있었다.

"하, 오빠 흉내 내려는 거야? 진짜 많이 컸네."

까르르 웃는 엘리제를 보면서 유진은 오랜만에 마음의 평안을 얻었다. 친절한 엘름스호른 가의 가족들, 그 중에서도 똑똑하고 상냥한 엘리제는 유진이 가장 좋아하는 사람이었다.

엘리제에게 죽은 오빠를 대신해서 유진이 생겼듯이,

유진 입장에선 죽은 여동생을 대신해서 엘리제가 생긴 것이었다. 유진이 높은 언어 능력을 갖추고 교양을 쌓음에 따라, 둘이 나누게 되는 대화의 폭은 훨씬 넓고 깊어졌다. 시간이 지나면서 유진과 엘리제는 남매 이상의 돈독한 정을 가지게 되었다.

김나지움을 마치게 될 무렵, 알렉산더는 유럽으로 돌아갈 것을 결정했다.

회사와의 계약기간도 만료되었고, 하루가 다르게 성장해 가는 딸들을 숙녀로 키우려면 극동의 촌구석인 블라디보스토크보다 유럽이 낫다고 판단한 것이었다.

그러나 고국인 독일로 돌아갈 생각은 없었다. 부부가 혐오해 마지않던 프로이센의 수상 비스마르크는 이른바 문화투쟁(Kulturkampf)을 벌여 가며 독일의 가톨릭 교도를 탄압하고 있었고, 가뜩이나 정나미가 떨어진 독일보단 차라리 독일계 전문가들이 우대를 받는 러시아가 낫다고 판단한 것이었다. 엘름스호른 가는 독일인들이 많이 거주하는 레발(Leval : 러시아 제국령 에스토니아 탈린)로 이주하기로 결정해 유진에게도 자연히 유럽으로 가게 될 길이 열리게 되었다.

때맞춰 우수한 성적으로 김나지움을 졸업한 유진은

대학입학 자격을 얻게 되어, 레발에서 멀지 않은 러시아 제국의 수도 상트페테르부르크 제국대학 동양학부에 진학하기로 결정됐다. 조선 출신으로는 최초 입학이었다.

유진은 그간 세례를 받은 것과 달리 법적으로 엘름스호른 가에 양자로 입적되지는 않았었다. 러시아에서 외국인인 것은 그 가족도 마찬가지였던 것이다.

김나지움 때까진 그럭저럭 넘어갈 수 있었지만, 대학을 진학할 때가 되자, 국적 문제가 제기되었다. 정식으로 러시아 국적을 취득해야만 장학금을 지급할 수 있다는 것이었다. 양부모와 상의한 끝에 러시아로 귀화하기로 결정했고, 세례명인 게오르기우스의 러시아식인 유리, 양부인 알렉산더의 이름을 따서 부칭을 정해서 유리 알렉산드로비치 김(Юрий Александрович Гим)이란 이름으로 러시아 국적을 부여받은 것이었다. 가문을 중시하는 조선 사람이었던 유진은 이름은 바꿔도 성은 바꿀 수 없었기에 '김'이란 성을 고수한 것이었다.

*　　　　*　　　　*

1876년, 유진의 나이 열아홉 살.

마침내 극동의 변방에서 제국의 수도에 오게 된 유진은 감개무량했다. 블라디보스토크에서 상트페테르부르크에 이르는 두 달에 걸친 머나먼 여정도 유진에겐 신선하고 새로운 경험의 연속이었다. 동남아시아, 인도, 이집트도 유진으로선 처음 보는 세계였거니와 마침내 도착한 유럽은 완전히 별세계였다.

대학 입학 자격시험도 무사히 마쳐 대학에 진학하게 되었다. 상트페테르부르크 제국대학에는 중국이나 일본 유학생도 있었으나, 조선 출신은 그가 처음이었다.

대학생들은 가문 좋은 귀족 자제들도 있었으나, 지방에서 입신 출세를 위해 공부하러 온 가난한 수재들도 많이 있었다. 이들은 제국 정부가 주는 장학금을 받고 학업을 이어 나갔다. 유진 역시 그들 중의 하나였다.

대학 인근의 대학생 거주 지역에 방을 얻은 유진은 더욱 학업에 매진했다. 나폴레옹 운운하던 소년기의 야망이야 현실의 벽 앞에서 서서히 사그라졌지만, 그래도 공부만이 유진의 미래를 보장하기 때문이었다.

막 대학에 들어온 지방 출신 학생들은 유흥이나 혹은 대학가를 휩쓸던 급진적 사상의 열풍에 빠져들기도 했으나, 유진은 그런 것과는 담을 쌓고 도서관에만 틀어

박혔다.

　페테르부르크 대학 자체가 러시아 제국 최고의 명문 대학으로, 특히 동양학부는 러시아의 동양 전문가들을 배출하는 곳이었다. 한문과 동양 고전, 중국어와 일본어 등을 배우는 동양 학부는 중국이나 일본으로 파견되는 러시아 외교관들의 필수 과정이기도 했다.

　유진은 중국이나 일본과 달리 조선은 러시아에서 전혀 알려지지 않았다는 사실에 적잖이 실망했다.

　중국과는 17세기부터 교류를 이어 왔고, 일본과도 1855년에 국교를 맺었지만, 조선은 1860년에 국경을 접한 것을 제외하면 러시아에선 거의 미지의 존재나 다름없었다.

　조선을 방문한 러시아 탐험가와 외교관이 남긴 기록, 그리고 얼마 전에 연해주에서 근무하던 러시아 관리의 연구에 의해 출간된 조선어 사전 정도를 제외하면 조선에 대해선 알려진 게 전혀 없었다.

　자연히 유일한 조선 출신인 유진에게 교수와 학생들의 관심이 적잖이 쏠렸고, 유진은 자신이 조선 사람을 대표해야 한다는 강박관념 때문에 더더욱 열심히 공부할 수밖에 없었다.

　"너희 조선인들은 중국인들처럼 변발 안 하나?"

"안 해, 병신아. 그리고 그것도 중국의 전통이 아니야. 만주족 전통이지."

어느새 유진은 욕설까지 자유롭게 할 정도로 러시아어에 능통해 있었다.

유진은 단발에 대학생 제복 차림이었지만, 중국 유학생들은 그들의 전통복장을 고수하고 있었다. 중국인들의 그 독특한 풍모는 러시아인들의 웃음거리였다.

"조선은 중국의 속국이라면서? 그래서 러시아랑 외교 관계도 없는 거냐?"

"그럼 러시아 제국이 폴란드를 다스리는 것과 비슷한 건가?"

"러시아의 차르(цар ь—황제)는 폴란드 국왕을 겸임하지만 중국 황제는 조선 왕을 겸임하지 않지. 예전에 모스크바 대공이 사라이의 칸들—킵차크한국—에게 조공을 바쳤다고 모든 러시아가 몽골의 식민지는 아니었지? 마찬가지야. 조선도 중국에게 조공을 바칠 뿐이지."

유진은 자기가 아는 지식을 총동원해서 설명했다.

조선이 비록 지금 가난하고 힘이 약해도 수천 년간 독자적인 국가를 세워 살아왔다는 자긍심이 있는 유진에게 중국이나 일본의 아류 취급을 받는 것은 불쾌했다.

"그럼 조선에도 드미트리 돈스코이(Dmitry Donskoy)가 나오는 건가?"

모스크바 대공 드미트리 돈스코이는 1380년 러시아 군대를 이끌고 최초로 킵차크한국의 러시아 지배에 도전한 인물이었다.

"맞아, 지금 루마니아 대공이 튀르크―오스만 제국―에게서 독립하겠다고 전쟁 벌이고 있지? 말하자면 그거랑 비슷한 거야. 언제든지 정리 가능한 형식적인 군신 관계라고."

1877년은 러시아가 '이교도 튀르크의 압제로부터 슬라브 형제들을 해방시킨다'는 명분으로 전쟁을 일으킨 해였다.

오스만 제국의 오랜 지배를 받던 세르비아와 불가리아가 독립 투쟁에 나서자, 오스만 제국은 군대를 동원하여 독립운동을 탄압했다. 이는 '모든 정교도와 슬라브인의 보호자'를 자처하던 러시아에게 좋은 명분을 가져다주었고, 전쟁을 선포한 러시아는 독립을 선언한 루마니아와 손잡고 파죽지세로 오스만 군대를 무찌르고 발칸 반도를 행진하고 있었다.

애국적인 열풍이 러시아를 지배했다.

페테르부르크 대학에서도 세르비아와 불가리아를 돕

는 의용군에 합류하는 학생들이 나올 정도였다. 유진은 슬라브 형제들의 해방에는 별다른 관심이 없었으나, 러시아 국적을 가졌기에 동원 대상이 되었다.

1874년 러시아가 군사 제도를 개혁한 이래, 계층과 재산에 무관하게 모든 러시아인에게 6년간의 병역의 의무가 주어졌다.

단 교육 수준에 따라 병역기간은 차이를 보였고, 대학 진학자들이 가장 큰 특혜를 받아 6개월 복무로 병역이 대체된 것이었다.

1877년 전쟁은 군제 개혁 이래 최초의 전쟁이었다. 전쟁이 격화되자 대학생들 또한 징집 대상이 되었고, 전선으로 보내지진 않았지만 후방에서 사관후보생(士官候補生) 자격으로 훈련을 받게 되었다. 대부분 문맹인 징집된 병사들에게 읽고 쓰는 법을 가르치는 것도 이들이었다. 군사학을 배우고, 러시아군의 제식 무기인 베르당(Berdan) 소총을 쓰는 법을 익히게 되었다.

훈련이 마칠 무렵 러시아의 승리로 전쟁이 종결됨에 따라 직접 전쟁을 겪진 않았지만, 사관후보생들은 발칸 전선을 탐방하게 되었다. 말하자면 유진은 유럽에 도착하자마자 근대적 국민개병제와 전쟁을 경험하게 된 것이었다.

전쟁의 참상은 유진에게 큰 충격이 된 동시에 근대 국가와 군사력의 필요성에 대한 확신을 갖게 되었다. 러시아 제국은 압도적인 무력으로 튀르크 군을 무찌르고, 불가리아와 세르비아를 '해방' 시켰다.

러시아의 남하를 견제한 영국이 중재하지 않았더라면 러시아군은 오스만의 수도 콘스탄티니예(Kostantiniyye : 이스탄불)까지 진격했을 터였다. 오스만 제국은 루마니아, 세르비아, 몬테네그로, 불가리아의 독립을 인정하고 러시아에 영토를 할양해야 했다.

그러나 그 러시아도 '해가 지지 않는' 대영제국의 압력 앞에서 베를린에서 새로이 국제회의를 열어야만 했다.

'이 약육강식의 세계에서 국가가 자주독립을 선포하고 지키려면 군사력밖에 없다. 아버지 말씀에 따르면 1860년 영국—프랑스 연합군이 북경을 함락시킨 것이 조선 사람들에게 엄청난 충격이 되었다고 했지. 내가 보기엔 중국의 운명과 튀르크의 운명이 큰 차이가 없는 것 같다. 영국과 러시아가 이 발칸 반도에서 태평양에 이르기까지 대립 중이니, 그렇다면 조선의 운명도 불가리아처럼 되는 건가?'

러시아와 영국이 발칸 반도를 놓고 패권을 다투듯이

조선을 놓고도 다툴지도 모른다는 불길한 미래에 대한
추측이 유진의 뇌리를 지배했다.

'향후 몇 년 내로 영국과 러시아는 반드시 세계의 패
권을 놓고 충돌할 것이다! 그렇다면 내 조국, 조선은?'

                    *   *   *

짧지만 많은 것을 경험했던 병역 의무를 마치고 대학
으로 복학한 이후엔 학업에만 매진하기 어렵게 되었다.
전쟁에는 이겼지만 베를린 회의로 인해 러시아가 굴욕
적인 외교적 패배를 겪게 되자 애국적 분위기는 사라지
고, 차르의 대외정책에 대한 회의감이 폭발했다.

"뭐야, 이거! 죽 써서 개 준 거 아냐! 분명히 전쟁은
러시아가 했는데, 왜 영토는 영국과 오스트리아가 가져
가는데?"

영국은 '중재'의 대가로 오스만 제국으로부터 키프로
스를 할양받고, 오스트리아 제국은 보스니아—헤르체비
고나를 통치하게 된 것이었다. 말이 좋아 독립국이지
실질적으로 러시아의 위성국 취급을 받은 불가리아의
영토는 절반 이하로 줄어들었다. 더 충격적인 것은 러
시아가 동맹국으로 생각했던 독일의 비스마르크가 '정

직한 중재자'를 자처하며 사실상 영국과 오스트리아의 편을 들었다는 것이었다. 전 유럽이 똘똘 뭉쳐 러시아의 독주를 따돌린 셈이었다.

전쟁의 열풍이 사라지자 대부분의 대학생들은 본연의 자세로 돌아갔다. 반동적인 차르 정부의 의도와 달리 대학생들은 대부분 급진주의(急進主義)와 서유럽의 혁명적 사상에 공감했다.

다른 나라에선 한참 전에 철폐된 농노제(農奴制)가 1861년에야 이르러서야 폐지되고, 농노들은 신분의 자유를 얻긴 했지만 경제적으로 그들은 여전히 열악한 위치였다. 전근대적인 지배 구조는 절대 다수의 러시아 농민들을 고통스럽게 하고 있었다.

러시아의 급진적인 지식인들, 이른바 인텔리겐치아 (Intelligentsia)들은 '브 나로드(в народ : 민중 속으로)!'를 외치며 농민들 속으로 뛰어들었다. 1870년대는 바로 그 운동이 절정에 이르던 시기였다.

고등교육을 받은 대학생들, 특히 지방 출신의 가난한 수재들은 쉽게 혁명 사상에 공명하고 그 운동에 동참하게 되었다. 누구보다 가난하고 비참했던 어린 시절을 보낸 유진 또한 급진 사상에 물들게 되었다.

"학생 동지 여러분, 우리 또한 농민의 자식들이요,

형제들입니다. 농민들은 여전히 귀족과 지주의 압제 속에서 허울뿐인 자유를 얻었을 뿐, 그들에 대한 착취 구조는 여전합니다. 우리는 우리가 배운 교육을 지배 계급을 위해 쓰지 말고 민중을 위해 봉사해야 합니다. 민중 속으로 뛰어들어, 그들을 혁명적 열정으로 무장시켜야 합니다. 갑시다, 민중 속으로!"

유진은 대학생들 사이에서 유행하던 혁명적 서클에 가입한 것은 아니었지만, 그들의 주장이 담긴 선전문과 연설을 들으면서 점점 의식화되어 가고 있었다.

유진의 기억 속에서, 함경도의 조선 관리와 지주들은 농민들 입장에선 원수들이었다. 조선 사람들이 못 견디고 러시아로 넘어온 것은 자연재해보다도 인재(人災), 즉 관리와 지주의 착취를 못 견뎌서다.

사실 그가 살았던 연해주의 고려인 이주민 공동체는 러시아 지방 정부의 배려로 조선에서 살던 시절과 비교하면 훨씬 나은 형편에서 살고 있었다. 즉 조선의 지배계급은 러시아의 지배계급보다 더 폭압한 통치를 하는 것이었다.

그러나 보수적인 농민들은 농노로부터 해방시켜 준 차르를 '해방자'로 여기고 있었고, 차르에 대한 불온한 언사를 늘어놓는 흰 얼굴의 대학생들을 좋아하지 않았다.

농민의 보수성에 실망한 일단(一團)의 급진적 지식인들은 다른 길로 전환했다. 즉, 국가권력에 대한 테러였다.

"인민의 적은 어쩔 수 없이 저주를 받으며 사라질 수밖에 없다. 큰 낫이 그들의 머리를 싹둑 벨 것이다. 혁명은 자비를 베풀지 않을 것이다. 혁명 만세!"

이러한 섬뜩한 언사의 선전문을 봐도 무덤덤할 정도로 유진은 급진화되어 가고 있었다. 어렸을 적 유진의 우상이 나폴레옹이었다면, 대학생이 된 지금은 프랑스 혁명을 주도한 자코뱅(Jacobain)들이었다. 프랑스 혁명이야말로 시민의 승리였고, 농민의 승리였다.

때가 되면 조선에서도 민중의 승리가 올 것이다!

낮에는 차르의 충실한 장학생으로 학업을 하고, 밤에는 서유럽에서 온 금서를 읽으면서 혁명의 나날을 꿈꾸던 이중적인 삶을 살던 유진은 어느 날 신문에서 동양 정세에 대한 글을 읽다가 깨달음을 얻었다.

1879년 일본의 강압적인 류큐(琉球 : 오키나와) 합병으로 인해 청과 일본이 대립하게 되자 조선에 대한 위협은 더욱 강해졌다.

류큐가 사라진 지금, 청과 일본은 더욱 조선에 집착

신조선책략

할 것이었다. 러시아와 영국이라는 세계적인 패권 다툼 속에 동양은 청과 일본이 지역 패권을 놓고 다투고 있었다.

네 마리 고래의 싸움 앞에서 새우와도 같은 조선이 살아남으려면 개혁과 현명한 외교 전략만이 살길이었다. 그러나 조선은 '고요한 아침' 속에서 아직도 잠들어 있었다. 누군가 이를 깨우지 않으면 안 될 터였다.

1880년 초, 유진은 귀향을 결심했다.

조선은 그에게 아무것도 해 준 게 없었고, 오히려 러시아가 그의 오늘을 만들어 준 나라였다. 하나 아버지의 절규와도 같은 유언을 잊을 수 없었고, 고등교육을 받은 지식인은 마땅히 민중을 위해 봉사해야 한다는 러시아 지식계급의 영향을 받은 유진은 그 가르침에 충실하고자 했다.

'그렇다면 누구를 위해?'

첫째로는 그의 고향인 연해주의 고려인 공동체였고, 더 나아간다면 조선의 백성들이었다.

다시 지구 반 바퀴를 돌아 블라디보스토크에 도착한 유진은, 원산의 개항 소식을 듣고 1880년 5월 조선으로의 밀항을 준비했다. 조선을 떠난 지 14년만의 일이었다.

　　　　*　　　　*　　　　*

"……제가 말씀 드릴 것은 이상입니다."

자신의 인생 경험을 최대한 간추려서, 조선 사람 입장에선 거북하지 않게 간략하게 설명을 했는데도, 시간은 한참이 흘러 있었다.

유진의 이야기에 집중해서 경청하던 유대치는 마침내 유진의 이야기가 마치자 놀라움을 표시했다.

"그럼 그대는 태서(泰西—유럽)에서 살았었단 말이오?"

"네, 러시아 수도 상트페테르부르크에서 4년 정도 살았군요."

"이럴 수가! 내 조선 사람이 태서에 가 보았단 이야기도 듣지 못했는데, 아예 살다 온 사람도 있다니. 러시아에 사는 조선 사람들이 다 그대처럼 교육을 받소?"

"그건 아닙니다. 전 좋으신 분들을 만난 덕에 기회를 잡은 매우 특별한 경우지요. 근데 저 말고도 서양식 교육을 받은 이가 몇 명 더 있긴 합니다."

"이것 참……. 내가 조선이 개화를 해야 한다, 서양

과 통상을 해야 한다고 진작부터 주장해 오던 이었소이다마는 그대를 만나고 나니 우물 안 개구리나 다름없었구려. 그래, 그곳 사정은 어떻소? 그동안 그대가 보고 배운 것들을 내게도 알려 줄 수 있겠소?"

나이 지긋한 유대치가 적극적으로 서양 사정에 대해 묻자, 오히려 유진이 당혹스러워졌다. 연해주에서도 나이든 조선 사람들치고 서양 사정에 관심 있는 사람은 드물었던 것이었다.

"아, 이거 내 정신 좀 보게. 다 낫지도 않은 사람에게 너무 많은 말을 시키는군. 배려가 부족했소."

"아닙니다. 선생님이 절 구해 주시지 않았으면 벌써 죽은 목숨이었을지도 모릅니다."

"하하, 그거야 이 돌팔이의 의술 솜씨라기보단 그대의 운명이었던 게지요. 이 사람은 부처님의 말씀을 오랫동안 신봉해 왔는데, 말하자면 이것도 부처님의 인연 아니겠소. 그리고 그대를 처음 발견한 것도 내가 아니라 밖에 있는 내 제자요."

유대치는 방문 밖을 바라보면서 흐뭇한 미소를 지었다.

"아, 제가 잊고 있었군요. 저를 구했다는 저 아이의 이름을 알려 주십시오. 감사라도 표하고 싶습니다."

"오서창이라 하외다. 작년에 작고(作故)한 내 오랜 벗인 진재(鎭齋) 오경석(吳慶錫)의 아들이오."

"그렇군요, 오서창······."

"저 아이 형인 오세창 군도 내 문하에서 배웠소. 지금은 사역원에서 역관으로 일하고 있지. 저 아이도 제 형만큼이나 매우 총명한 아이라오."

"역관이라 하면 통역관을 말씀하시는 것인지?"

"그렇소. 그대가 법어(프랑스어), 덕어(독일어), 아어(러시아어)에 모두 능하다 하니 앞으로 그 재주가 쓰일 데가 많을 것이오."

"말씀만이라도 감사합니다."

"아니, 정말이오! 지금 이 나라 조선엔 재주 있는 이가 많이 필요하오. 특히 서양의 사정에 능한 이가. 김 공의 말이 모두 사실이라면 그대가 이 조선에 기여할 바가 아주 많소."

유진의 겸양에 유대치가 진지한 표정으로 단호하게 말했다.

"그럼 쉬시오. 차후에 그대가 좀 진정이 되면, 또 이야기를 합시다."

"제가 러시아에서 온 사람이라는 것은 오직 선생님만 아셨으면 합니다."

조선책략신

유진은 자신의 정체가 많은 사람에게 드러나는 것을 원치 않았다. 아버지가 죄를 짓고 국경을 넘어갔다는 건 걸러 내고 말한 과거사였지만, 어찌 되었건 유진도 조선 조정에서 볼 땐 국법을 어긴 범월죄인이었던 것이다.

"물론이오. 그대가 원한다면 그리하겠소이다."

"감사합니다. 구해 주신 은혜, 평생 잊지 않겠습니다."

유진이 깊이 허리를 숙여 감사를 표했다. 유대치는 가볍게 웃으며, 자리에서 일어섰다.

유진은 그 후 며칠간 유대치의 원산 별채에 머물렀다.

한성에서 먼 원산이지만, 개항장이 된 원산에 자주 올 것 같아 아예 별채를 장만해 두었다고 했다.

유대치는 벼슬 하지 않는 양반이었지만, 자산은 넉넉한 사람이었다. 그것은 대대로 역관과 무관으로 고위직을 지낸 조상들의 덕이라 했다. 역관(譯官)은 조선 후기를 대표하는 부유한 중인 계급이었다. 그렇다고 해서 꼭 중인이라 할 수 없는 것이, 역관으로 드물게나마 당상(堂上)의 지위에 오른다면 그와 그의 후손들은 손색없는 양반인 것이었다.

"선조님들의 덕으로 이 사람이 변변찮게 하는 일도

없이 평생 놀고먹는 것 아니겠소, 하하."

그렇게 겸손하게 자신을 낮췄지만, 사실 그는 우의정을 지낸 박규수나 역관으로 최고의 영광을 누려 종일품 숭록대부에까지 오른 오경석과 격을 나란히 하는 지식인이었다.

박규수와 오경석이 모두 죽은 지금은 오직 그만이 초기 개화파의 지도자였다. 후일 그를 지칭할 백의정승(白衣政丞)이란 말이, 비록 벼슬은 없지만, 개화파의 이데올로그 역할을 했던 점을 감안하면 과장이 아니었다.

유대치가 원산에 별채까지 만들어 가며 개항장을 살펴보는 것도, 그리고 개화파의 수장이 된 것도 양반으로는 드물게 독실한 불교 신자인 탓이었다. 젊은 시절부터 불교의 평등 사상에 공명한 유대치는 변혁의 필요성을 깨달았고, 연행사(燕行使)를 다녀오며 새로운 세상을 알게 된 박규수, 오경석과 친분을 맺으며 개화의 큰 뜻을 품게 된 것이었다.

'흠, 앞으로 무엇을 할 것인가?'

〈무엇을 할 것인가〉는 당대 러시아 청년들에게 가장 인기 있는 소설의 제목이기도 했다. 1870년대 러시아 지식인들이 '민중 속으로!'를 외치며 농촌 사회로 뛰어

들었듯이, 유진은 자신의 고향인 조선으로 돌아온 것이었다.

그러나 이상만으로 접근하기엔 현실은 녹록치 않았다.

그래도 러시아에선 고등교육을 받은 지식인이었지만, 조선에선 그저 범월죄인일 뿐이었다. 아마도 유진은 그 어떤 조선 지식인보다 근대 문물에 밝을 터였지만, 조선에 대해서 잘 안다고는 말할 수 없었다.

그는 조선에서도 변방 출신이었고, 그것도 죄인의 자식이었다.

반은 이상적으로, 반은 현실도피로 온 조선 땅이었다. 마침 그를 거둔 유대치가 조선의 변혁을 꿈꾸는 개화 지식인이었기에 망정이지, 재수 없었으면 처음 상륙했을 때처럼 일본인으로 몰리거나 정체 모를 이로 취급돼 관아에 끌려갔을지도 모를 일이었다.

조선에 돌아오기로 결심할 때만 해도 무언가 할 일이 있을 줄 알았다. 근데 막상 조선에 오니, 의외로 자신이 쓸모없는 존재라는 걸 깨닫게 되었다. 중국이나 일본처럼 서양과 통상 중이라면 자신이 배운 지식과 외국어 실력을 살려 나라에 기여할지도 모른다.

한데 그것도 아니고, 말이 좋아 '민중 속으로' 지, 조선의 농민들과 그는 제대로 말조차 통하지도 않을 터였다.

유진은 농사에 대해선 전혀 아는 바가 없었다. 토지에 묶여 평생 농사일로 삶을 마치는 조선의 농민들과 유럽에서 고등교육을 받은 유진은 완전히 다른 세계의 사람이었다.

'그냥 조용히 학업을 마치고, 서양 각국이 조선과 수교할 때까지 기다릴 걸 그랬나? 아니지, 오히려 내가 그걸 도와야지. 으으, 대체 뭘 해야 할지 모르겠다.'

"저, 선비님."

"왜?"

깊은 생각에서 깨어난 유진은 저도 모르게 퉁명스럽게 말이 튀어나왔다. 화들짝 놀라는 소년의 모습을 보고 유진은 미안한 생각이 들었다. 처음 유진을 발견한 것도, 요 며칠 그가 나서는 길을 따르며 이것저것 편의를 도와준 게 오서창이었던 것이다.

"미안하다, 생각을 하다 보니. 왜 그러니?"

유진이 부드럽게 말을 바꾸자, 쭈뼛거리던 소년은 이윽고 그동안 참아 왔던 호기심을 드러냈다.

"선비님은 정말로 바다 건너 다른 나라에서 오신 건가요?"

신조선책략

선비란 호칭이 너무나 신선해서 유진은 웃음이 나올 뻔했다.

"……뭐 그런 셈이지."

"청국? 일본?"

"둘 다 아냐. 훨씬 먼 곳이야."

"그럼 혹시 서양에서 오신 건가요? 영길리(영국)? 법국(프랑스)? 미리견(미국)?"

오서창의 거듭된 질문에 유진은 쓴웃음을 지었다.

아직 서양과 수교하지 않은 조선이지만, 소년은 개화사상가의 제자답게 어린 나이에도 바다 건너 나라의 이름 정도는 아는 듯했다. 하나 소년의 질문은 답변해 줄 수는 없는 것이었다.

"그곳은 조선과 얼마나 다른가요?"

유진이 답을 않자, 소년은 바꿔 물었다. 그러나 이것도 너무나 아득한 질문이었다.

"음, 글쎄……. 너무나 다른 세상이라, 말로는 설명하기가 좀 어렵구나."

소년이 실망하는 표정을 짓자, 유진은 한마디를 덧붙였다.

"다만…… 여기보다는 훨씬 가능성이 많은 세상이지. 자신이 하고 싶은 일을 하고, 자신의 생각을 거리낄 것

없이 드러낼 수 있으며, 다른 나라도 마음껏 돌아다닐
수 있지."

그가 살았던 러시아도 전제국가였던 점을 감안하면
지극히 추상적으로 한 말이었지만, 그래도 분명 서양은
동양보다 개인의 가능성을 발휘하기 더 쉬운 근대사회
였다. 당장 자신만 봐도 알 수 있지 않은가.

"과연 선비님은 서양에서 오셨군요! 제가 스승님께
배운 바로는, 바다 건너 서양 사람들은 누구나 신분의
차별 없이 자유롭게 살아간다고 들었습니다. 저도 언젠
가 꼭 가 보고 싶어요."

소년은 비로소 만족스러운 대답을 얻은 듯 했다.

'그건 아냐. 거기도 신분과 부(富)에 따라 계급의 차
별이 있고, 또 인종 차별도 엄청 심하지. 지금의 네가
가 봐야 별로 환영은 받지 못할걸.'

그런 말이 목구멍까지 올라왔지만, 입 밖으로 내지는
않았다. 소년의 소박한 환상을 깨고 싶지 않았던 것이
다.

"우리가 사는 세상은 엄청 넓고, 세상은 하루가 다르
게 바뀌어 간다고 하시더군요. 전 본 적 없지만, 이웃나
라 일본도 하루가 다르게 바뀌어 가고 있데요. 스승님
께서 앞으로는 신문물을 배워야 한다고 하셨죠. 중국이

신
조천
책략

나 일본을 거쳐 들어온 게 아니라, 직접 서양의 것을 배워 보고 싶어요."

"너, 앞으로 나한테 덕어(德語) 배워 볼래?"

"덕어요? 그게 뭔데요?"

자신의 포부를 드러내는 소년의 모습에 유진은 저도 모르게 말이 튀어나왔다. 소년의 반문에 아차 싶었지만, 이왕 말한 바는 지켜야 했다.

"Deutsch, 덕국 말. 앞으로 새로운 세상을 배우는 데 큰 도움이 될 거다. 물론 유럽의 공용어인 법국말도 같이 배우면 좋겠지만, 그건 내가 누굴 가르칠 만큼 실력이 뛰어나지 못한 것 같구나."

독일어라면 독일인 가정에 입양된 덕에 모국어처럼 유창하게 구사하게 된 언어였다. 물론 러시아어도 고등교육까지 받게 되면서 모국어나 다름없이 쓸 수 있었지만, 아무래도 학문적인 언어라면 독일어가 더 나을 터였다.

유진은 아마 이 조선에서는 유일무이하게 독일어 구사가 가능한 사람일 터. 그게 장점이라면 큰 장점이 될 것이다.

"와! 선비님 정말이에요? 덕국 말이라니, 선비님 역시 대단하시군요!"

"넌 내 목숨을 구해 주지 않았느냐. 이 정도 답례라
도 해 주지 않으면 내가 미안하지."

"고맙습니다, 선비님! 정말 고맙습니다!"

순수하게 기뻐하는 소년의 모습에 유진은 어딘가 가
슴이 찡했다. 제국주의적 질서가 지배하는 이 시대에
자신은 반강제로 배우다시피 한 언어들이지만, 이 소년
에게는 신문물의 상징과도 같은 것이었다.

새로운 것을 배워 익히는 것. 그 일만큼 인간의 호기
심을 자극하는 것이 또 어디 있을까?

그러나 그것은 동시에 유진의 가슴을 아프게 했다.

배운다는 것은, 그에 따른 책임이 뒤따르는 것이다.
지식을 배워 익힌다면 마땅히 실천으로 옮겨야 하고,
그것이 지식인의 사명이다. 이제 그 신문물의 뒤에서
제국주의가 조선 땅을 침탈하기 위해 달려올 것이고,
이 나라의 배운 자들은 두 패로 나뉘게 될 것이다. 진보
의 미명 하에 침략에 순종하느냐, 조국의 자주독립을
위해 저항하느냐.

소년은 기쁜 듯이 앞서 가고 있었다.

'순종하느냐, 저항하느냐. 어쩌면 난 러시아에서 더
쓸모 있는 존재일지도 모른다. 순탄하게 대학을 졸업해
서, 운이 좋으면 다른 선배들처럼 외무부에 들어가 외

교관이 되서, 러시아 제국의 영광을 위해 봉사할 수도 있겠지. 그러나 그게 다 무슨 소용이랴? 무엇보다 강대국을 위해 일한다는 건 내 성미에 안 맞아.'

"저, 선비님!"

"어, 왜?"

고개를 돌려보니 오서창이 갸우뚱한 표정으로 올려다보고 있었다.

"걷지도 않으시고 아무 말도 없으셔서…… 혹시 어디 편찮으신가요?"

"아니야, 생각할 게 많아서 그렇다. 걱정하지 말고 앞서서 길을 잡으려무나."

요 며칠간 겪은 바, 유대치는 굉장히 깨어 있는 지식인이었다. 양반이라는 사람이 한양에서 일부러 개항장의 상황을 본다고 뭔 함경도 원산까지 온 것부터가 보통이 아니었다.

얼핏 들은 바로는 조선의 진보적인 지식인들이 유대치 문하에 모여 새로운 세상에 대해 논하고 있다고 한다. 그렇다면 유대치 곁에서 시기를 기다려 보는 것도 현명한 선택이 아닐까?

유진은 결심을 했다. 한 번 결심을 하고나자, 자연히 걸음은 빨라졌다.

　　　　*　　　　　*　　　　　*

"김 공, 어찌 마음은 정하셨소? 내가 내일이면 송별차 도성에 돌아가 봐야 하오. 그대가 원한다면 계속 여기에 머물러도 좋소만."

"송별이라 하오시면?"

"곧 일본으로 가는 사절단이 떠난다오. 나와 가까운 추금(秋琴) 강위(姜瑋) 선생이 수행원으로 따라가게 되었거든. 석별의 정을 나누어야지, 허허."

유진은 갑자기 유대치 앞에 무릎을 꿇으며, 절을 올렸다.

"대치 선생님!"

"왜 그러시오, 놀랐소이다."

"저를 문하로 거두어 주십시오."

"갑작스럽게 그게 무슨 말이오?"

유진은 마침내 새로 결심한 바를 유대치에게 털어놓았다.

"지금의 저는 그렇다면, 아무 일도 없이 하루하루를 살아가는 것보다, 나라와 백성을 위해 무언가 의미 있게 삶을 살길 원합니다. 선생님께서 저를 발견하신 것

신조선책략

도, 불가에서 말하는 깊은 인연이 아닐런지요. 이 나라 조선의 선각(先覺)이신 선생님의 문하에 들어간다면, 이보다 더 영광이 없겠나이다."

유진의 굳은 결심을 보고, 유대치 또한 의관을 바로 이하고 맞절하였다.

"과연 그렇소이다. 불법에 따르면, 타생지연(他生之緣)이라 하여, 옷깃만 스쳐도 전생의 깊은 인연이 닿았다고 하였소. 그대가 만리타향에서 이 조선 땅에 와서 이 사람을 만난 것도 엄청난 인연이 아니겠소. 알다시피 내 호가 대치(大致)이오만, 또 다른 별호는 대치(大癡)이기도 하오. 이 나라 조선에서 가장 어리석은 사람이란 뜻이지요. 오십 년을 사는 그동안 주위들은 게 있어 준걸한 젊은이들을 가르치고는 있소마는, 미욱하기 짝이 없는 몸이라 부끄러울 따름이오. 작년에 진재(오경석)를 잃고 이 사람이 더욱 외로워졌는데, 부처님의 가호가 있어 김 공을 내게 불러 주었구려."

"선생님, 그렇다면⋯⋯."

"오히려 배움은 내가 그대에게 청하고 싶소이다. 익히고 배움에는 따로 시기가 없는 법, 유럽에서 온 그대의 지식이 이 사람을 가르칠 것이 많을 것이오."

백발홍안의 사내는 잔잔히 웃음을 띠면서 말했다.

"무슨 말씀을요, 제가 무슨 자격으로."

"아니오, 내가 정말 알고 싶어서 그러오. 그대가 보기에 이 나라 조선의 운명이 어찌 될 것 같소? 이 사람은 이 나라의 운명이 백척간두에 걸려 있다고 보오. 내가 힘써 젊은이들을 가르치는 것도 이 나라 조선의 변혁을 위해서요. 그대는 저 유럽에서 보고 배운 것이 많으니, 나보다 잘 알 것이 아니겠소?"

유대치의 진지한 물음에, 유진은 더 이상 답을 미룰수가 없었다.

"선생님, 그렇다면 말씀을 드리겠습니다……."

유진은 변화하는 세계정세와, 특히 근래에 요동치고 있는 동양의 정세에 대해 쭉 설명했다. 전 세계에서 벌어지고 있는 러시아와 영국의 대립, 그리고 동아시아에서 벌어지는 중국과 일본의 대립. 조선은 국제 세계에 문호를 열지 않은 유일한 나라였다. 그러나 이제 세계를 식민지화한 열강들이 잠겨 있는 조선의 문을 세차게 두드릴 것이었다.

"하오나, 선생님! 지금은 아직 때가 늦지 않았습니다. 위로부터는 임금에서 아래로부터는 백성에 이르기까지 일치단결하여 변혁의 새바람을 불러일으킨다면, 조선은 결단코 망하지 않을 것이요, 일본도 청국도 러시아도 감히 넘보지 못할 것입니다. 그러기 위해서는 분골쇄신의 각오가 필요합니다. 청과 일본은 물론이거니와, 그 어떤 외세도 믿어서는 안 됩니다. 물론, 외세를 배척만 해서도 안 됩니다. 외세를 잘 이용하면 큰 도움이 될 것입니다. 그러나 오직 조선은 조선 사람의 힘으로 지켜야 하는 것입니다. 그것이 바로 자주와 독립입니다."

유진은 자주와 독립을 힘줘서 말했다.

독립을 이루어도 자주적인 독립이 아니라면 무슨 소용이겠는가? 오스만으로부터 독립했지만 사실상 러시아의 위성국 노릇을 하는 세르비아와 불가리아만 봐도 알수 있는 일이었다.

"그대가 말해 준 것이 모두 사실이라면, 더더욱 그대가 이 나라 조선에 온 것은 실로 부처님의 가호인 것이외다. 내 오십 평생을 헛살았구려. 그대를 스승처럼 모시고 배우겠소. 부디 이 미욱한 자에게 앞으로도 가르침을 주시오!"

유대치는 깊이 허리를 숙이며 소리를 높였다. 거의 울부짖음에 가까운 그 외침에, 유진은 깊은 감명을 받았다.

"선생님, 이러지 마십시오. 전 그저 운이 좋아서 새로운 공부를 할 기회가 많았던 것뿐입니다. 사실 이 조선에 대해서는 무지하기 짝이 없습니다. 앞으로 많은 지도를 받아야 합니다. 그러기 위해선 선생님의 도움과 가르침이 필요합니다."

"좋소, 김 공! 우리 함께 힘을 합쳐, 이 나라의 역사를 바꾸어 봅시다!"

"네, 기꺼이 그리하겠습니다."

유대치가 내민 손을 맞잡으며, 유진은 다시금 결의를 다졌다. 새로운 역사의 서곡이 될지, 아니면 역사적인 실패의 반복일지 모르지만, 적어도 이 순간만큼은 세상을 바꿔 보겠다는 패기가 그를 지배했다.

2장

조선책략(朝鮮策略)

러시아가 서양 공략을 이미 할 수 없게 되자, 이에 번연히 계획을 바꾸어 그 동쪽의 땅을 마음대로 하고자 하였다. 십여 년 이래로 사할린을 일본에게서 얻고, 중국에게서 흑룡강 동쪽을 얻었으며, 또한 도문강 입구에 주둔하여 지켜서 높은 집에서 물병을 거꾸로 세워 놓은 듯한 형세이고, 그 경영하여 여력을 남기지 않는 것은 아시아에서 뜻을 얻고자 함이다. 조선 땅은 실로 아시아의 요충에 자리 잡고 있어, 형세가 반드시 싸우는 바가 되니 조선이 위태로우면 즉 중동의 형세가 날로 급해질 것이다. 러시아가 땅을 공략하고자 하면 반드시 조선으로부터 시작

될 것이다.

……아! 러시아가 이리 같은 진나라처럼 정벌에 힘을 쓴 지 3백여 년, 그 처음이 유럽에 있었고, 다음에는 중아시아였고, 오늘에 이르러서는 다시 동아시아에 있어서 조선이 그 피해를 입게 되는 것이다. 그러한 즉, 오늘 날 조선의 책략은 러시아를 막는 일보다 더 급한 것이 없을 것이다. 러시아를 막는 책략은 무엇과 같은가?

중국과 친하고 일본과 맺고, 미국과 연결함으로써 자강을 도모할 따름이다.

— 황준헌(黃遵憲),《사의조선책략(私擬朝鮮策略)》

*　　　　*　　　　*

원산에서 한양으로 들어와, 유진은 광통방에 있는 유대치의 집에 여장을 풀게 되었다.

유진은 한양이 처음이었다. 어릴 적 아버지가 말씀해 주셨던 조선의 도성에 대한 기대감이 컸던 것만큼, 막상 보니까 실망도 컸다.

거대한 러시아 제국의 수도, 그것도 완전한 계획도시

신조선책략

인 상트페테르부르크에서 살았던 유진은 한양의 작은 규모에 문화적 충격을 받고야 말았다. 자신이 어린 시절을 보낸 함경도 촌구석이야 그렇다 쳐도, 왠지 한양은 엄청나게 번성하는 동양의 대도시일 거라 막연히 상상했기 때문이었다.

물론 조선은 아기자기한 매력이 있는 나라였다.

원산에서 한양을 가는 길 동안, 끝없이 늘어져 있는 조선의 산을 보면서 그 풍취에 빠져들었다. 러시아가 끝없이 펼쳐져 있는 설원에 자작나무들이 늘어져 있는 풍경이라면, 조선은 야트막한 산의 나라였다.

산의 모양처럼 부드럽게 곡선을 이어진 기와집들도 유진의 마음에 들었다. 분명 자신의 조국이건만, 마치 외국에 온 것처럼 유진은 조선의 새로운 매력들을 발견하고 있었다.

물론 생활은 편리하지 못했다. 하수시설이 제대로 정비되어 있지 않아 분뇨가 방치되어 있는 걸 보고 유진은 다시금 충격에 빠졌다. 러시아에서도 농촌은 가난하고 더러울 터였지만, 지난 10년간 근대적인 도시 생활만 한 유진은 근대문물에 너무 익숙해진 터였다. 10년 만에 다시 만난 푸세식 화장실을 보고 유진은 한동안 화장실 문 앞에서 주저하며 서 있었다.

한 가지 다행인 점은, 유진을 거두어 준 유대치가 자산가이자 아마 이 조선 땅에선 가장 서구 문물에 밝은이라는 점이었다.

그는 유진을 자신의 집 식객으로 머물게 하면서 최대한 편의를 베풀었다. 예를 들어 서양식 24시간 문화에 익숙해져 조선식 시간 문화에 익숙하지 않은 유진을 위해 북경에서 구해 온 귀한 회중시계를 늘 가지고 다니라고 주고, 양복에 비하면 폭이 너무 넓은 조선식 도포에 불편함을 느끼자 개량을 해 주기도 했다.

다만 문화 차이에 따른 엇박자가 전혀 없는 것은 아니었는데, 마당에서 노니는 암탉을 보면서 불현듯 닭고기에 대한 욕망이 든 유진은 자기도 모르게 'Ich möchte essen Hühnerfleisch(치킨 먹고 싶다)'란 말이 튀어나왔다. 엘름스호른 가에서 해 주던 독일식 통닭구이는 당분간 먹을 수 없기에 더더욱 그리운 맛이었다.

한데 유진에게 독일어를 배우던 서창은 그 말을 듣고 스승에게 '유진 선비님이 닭을 드시고 싶어 한다'고 고했고, 이에 유대치는 '복날도 아닌데 무슨 닭을 잡느냐'라는 부인의 불만을 잠재우고 닭백숙을 대접했다. 그 고맙지만 뭔가 어긋난 배려에 유진은 웃어야 할지 울어야 할지 아리송한 기분이 들었다.

유대치의 집에서 뿐만 아니라 앞으로 조선 땅에서 유진의 공식적인 신분이 대치 유홍기의 제자, 김유진이 되었다.

사실 조선 땅에 아무런 연고도 없는—엄밀히 말하면 함경도 어딘가에 자신의 친척들이 살고 있을 테지만— 유진의 신분이 모호하기 짝이 없는 것이었다. 더군다나 아버지는 아직도 죄인의 신분이었고, 조선 사회에서 용납하기 어려운 이단의 지식을 갖고 있는 유진의 신분은 더욱더 조심스러워야 했다.

"김 공, 그대 본관이 어디요?"

사제의 연을 맺기 앞서, 유대치는 유진에 대해서 물었다.

"김해 김 씨입니다."

"김해 김 문이라……. 이름 한자는 어찌 쓰고?"

"생각할 유(惟)에, 참 진(眞)자를 씁니다."

"좋은 이름이구려. 아버님 함자는?"

유진은 갑자기 대답하기가 막막해졌다.

공식적으로 아버지는 죄인이었기 때문이었다. 하나 유진은 그렇다고 해서 자신의 아버지를 감추는 것이 떳떳하지 못하다고 생각했다.

"홍(鴻) 자, 린(麟) 자를 쓰십니다. 종육품 종사관을 지내셨습니다."

"아니, 그럼 벼슬하시던 양반이 어찌하여 아라사로……?"

유진은 마침내 결심을 하고, 자신의 아버지가 누명을 쓰고 국경을 넘어야만 했던 사정에 대해 설명했다.

"그렇구려. 이 조선 땅에서 억울하게 죄를 짓는 사람이 어디 춘부장(春府丈)뿐이겠소. 그 사정을 이해하오."

유대치는 딱하다는 듯이 말했다.

"하나 이런 일이 알려져서 좋을 것 하나 없을 것이고……. 이 이야기는 그대와 나만 아는 걸로 합시다. 그대는 이제 내 문하의 사람이 될 것이니, 그대의 신분 보증인은 내가 될 것이오. 걱정할 것 없소."

"고맙습니다. 앞으로 스승님으로 모시겠사오니, 가르침을 청하옵니다."

유진은 고개를 숙여 사의를 표한 뒤, 유대치에게 절을 올렸다.

"이렇게 그대를 제자로 두게 되니 마음이 든든하오."

"앞으로 제자로서 부끄럼 없이 처신하겠나이다. 앞으

신
조 선
책략

로는 편히 말씀하십시오."

"그리하겠소. 아니, 그리하마. 그나저나, 올해 네 나이가 몇이더냐?"

"조선 나이로 스물셋입니다. 무오(1858)년 생이지요."

"무오년 생이라니, 역시 젊구나. 그래, 스물셋이라면 혼기는 충분히 찼는데, 결혼은 하였느냐?"

갑작스러운 말에 유진은 얼굴이 빨개졌다. 조선 같으면 이미 결혼을 하고도 남을 나이지만, 유진은 결혼은 생각도 안 하고 살았던 것이다.

"아닙니다. 제가 결혼을 했으면 가정을 버리고 조선 땅으로 편히 왔겠나이까."

"하기야 그렇구나. 네 기골이 장대하고 인물도 준수하니, 네게 시집 올 여인네들은 줄을 설 것 같다."

유대치의 덕담에 유진은 멋쩍게 웃었다.

"그래, 이제 우리는 정식으로 사제의 연을 맺었고, 사(師)와 부(父)는 일체라 하였으니, 곧 너와 나의 정리(情理)는 부자(父子)의 그것과 같다. 앞으로 너를 아들처럼 대하도록 하마."

"고마우신 말씀입니다. 저도 선생님을 아버지처럼 모시겠습니다."

돌이켜 보면 유진은 어딜 가나 사람 복은 있는 듯했다. 자신을 따뜻이 맞이하는 스승에게 다시금 감사의 절을 올렸다.

그렇게 유대치의 집에 식객으로 살게 된 유진은 차분히 자신이 가진 자신과, 또 당장 필요한 것들을 생각해 보았다.

'어디 보자…… 내 장점. 첫 번째로는 근대 문물에 대해 밝다는 것.'

유진은 유럽인 기준으로도 고등교육을 배운 지식인에 속했고, 유럽의 역사와 문화에 대한 해박한 지식과 교양을 갖고 있었다.

하나, 그것은 조선에선 전혀 해당 사항이 없었다. 만약에 유진이 의사이거나 공학자, 자연과학자라면 획기적인 발명을 하여 조선 사회에 중대한 진보를 이루어 낼 수도 있을 터였다. 예컨대 콜레라에 대한 방역 조치만 취해도 수많은 사람의 목숨을 구할 수 있을 것이다. 그러나 자신은 그에 대한 기본 지식이 거의 없었고, 기계치에 가까웠다.

두 번째는 조선에서 아무도 가지고 있지 않은 능력, 바로 외국에 대한 정확한 이해와 외국어 능력이었다.

오랫동안 문을 걸어 잠그고 살아온 조선은 중국과 일본을 제외하면 바깥 세상에 대해 극도로 무지하다 해도 과언이 아니었다. 당장 두만강 너머로 러시아와 접경하게 되었지만, 러시아에 대해 아는 이는 거의 없었다. 중국과 일본에 대한 이해도 표피적인 것뿐이어서, 그저 전통적인 이웃나라 정도로만 여길 뿐이었다.

외국어 사정은 더 처참했다. 역관 중에서 중국어 구사자는 여럿 있고, 일본어와 만주어를 할 줄 아는 이들도 있을 터였다. 하나, 현 시대의 국제어인 영어나 프랑스어를 할 줄 아는 이는, 아마 극소수의 천주교 신자를 제외하면 한 명도 없을 터였다. 그 천주교 신자들도 지하에서 암약하는 이들로 세상 밖으로는 나올 수가 없는 이들이었다.

'하하, 통역만 해도 살아남을 수는 있겠는걸.'

유진은 러시아어뿐만 아니라 독일어를 유창하게 구사했고, 프랑스어도 수준급이었다. 대학을 다니면서 배운 영어와 중국어는 유창하지 않아도 이해할 정도는 되었다.

'그럼, 내가 조선 사람으로서 부족한 점은…… 한두 가지가 아니군.'

*　　　　　*　　　　　*

　그리하여 유진이 유대치의 집에서 제일 먼저 행하게 된 것은 조선, 그것도 지식인 사회에서 살아갈 상식을 배우는 것이었다.

　조선 지식인들과 비교해도 놀라울 정도로 많은 지식을 갖고 있는 유진이지만, 그것은 서양의 지식일 뿐, 이 나라의 지식은 아니었다.

　무엇보다 시급한 것은 조선의 지식인이 사용하기에 걸맞는 언어를 배우는 것이었다.

　러시아에서 이주민들이 사용하던 조선어와 도성의 조선어가 비록 큰 차이는 없다고 하나, 사용하는 어휘의 차이는 컸다. 기초적인 어휘들을 제외하면, 특히 고급 어휘의 차이는 매우 큰 것이었다.

　반대로 유진이 유럽에서 배운 근대 학문과 관련된 어휘들은 개화파인 유대치로서도 금시초문인 것들이었다. 그에 적당한 한자 번역어를 모르는 유진은 일부러 유대치가 가진 중국이나 일본 책을 봐가며 단어를 비교해야만 했다.

　그리고 다음으로는 조선의 공용 문자인 한자와 한문을 배우는 것이었다.

신조선책략

비록 유진이 어릴 때 아버지로부터 소학(小學)을 비롯한 한문 기초를 배우고 대학에서 또 추가적으로 배웠다고는 하나, 그걸 일상적인 공용어처럼 쓰자면 어림도 없는 것이었다.

당장 읽을 수 있는 한자는 상당히 많았지만, 막상 그걸 외워서 쓸 수 있는 것은 많지 않았다. 또 한자를 읽는 것과 한문은 별개의 문제인 것이라, 사서오경(四書五經)(사서 : 논어, 맹자, 대학, 중용 / 오경 : 시경, 서경, 역경, 춘추, 예기)부터 읽고 공부해야 했다.

"자, 따라 하게. 공자 왈, 지지자 불여호지자, 호지자 불여낙지자(知之者 不如好之者, 好之者 不如樂之者)."

"푸훗!"

"아니, 뭐가 우습나?"

"아, 아닙니다."

솔직히 유진은 웃겨 죽을 지경이었다. 근엄한 표정의 유대치가 천천히 몸을 좌우로 움직이면서 독특한 억양으로 한 자, 한 자 읊는데, 웃지 않고 배길 수가 있는가.

"집중하게. 자, 다시. 지지자 불여호지자, 호지자 불여낙지자."

"지지자 불여호지자, 호지자 불여낙지자."

"무슨 뜻인가?"

"아는 것은 좋아하는 것만 못하고, 좋아하는 것은 즐기는 것만 못하다는 것입니다."

이 말은 유진도 참 좋아하는 말이었다. 어떤 것을 배우든 즐기는 것보다 최고의 방법은 없었다.

러시아어와 프랑스어에 익숙하지 않던 시절, 그것을 정복하기 위해선 일부러 좋아하고 즐기는 수밖에 없었다. 그래서 흥미를 줄 수 있는 소설들을 많이 읽게 된 것이었다.

"정확하네. 조선의 사대부란 자들이 오직 사서삼경과 고문(古文)에만 매달리는 것은 실로 시대의 변화를 모르는 어리석은 소치이지만, 그렇다하여 이학(理學)의 본질이 사라지는 것은 아닌 법. 이는 학문의 기초라 할 수 있는 것이네. 자네가 이 점을 명심했으면 하네."

"예, 명심하겠습니다."

유대치가 당대의 양반으로서는 이단적이다 싶을 정도로 급진적인 개화파이자 불교 신도였지만, 그 역시 기본적으로는 유학(儒學)을 먼저 배운 이였고 동양의 도를 높이 평가하는 이였다.

'대학 다닐 때 논어와 맹자 한문강독이 그렇게 지겨

신조선책략

웠었는데, 이게 여기서 써먹게 될 줄이야. 참 세상 일은
알 수가 없어.'

동양학부 수업 중에서도 고전 한문강독 수업은 도망
다니고 싶을 정도로 골치 아팠었지만, 그때 배운 것이
큰 도움이 되었다. 애초에 유진의 이해력과 기억력 자
체가 워낙 비상한 터라, 하루하루 빠르게 경전을 습득
해 가는 속도에 유대치도 적잖이 감탄했다.

반대로 유진은 유대치와 오서창에게 독일어와 서양의
역사, 세계의 정세와 근대 학문의 기초 등을 가르쳤다.
역관으로 근무 중인 유대치의 제자이자 오서창의 형인
오세창도 틈틈이 그 배움의 대열에 꼈다.

독일어 교습은 쉽지가 않았다. 워낙 조선어와 독일어
의 체계가 다를뿐더러, 학습서 하나가 없으니, 전적으
로 유진의 기억에 의존하여 교재를 만들어야 했다. 유
럽에선 흔한 독일어 교재 하나만 있어도 큰 도움이 되련
만, 유진은 알파벳 하나하나를 종이에 옮겨 적으며 한
숨을 쉬었다.

그래도 배우는 사람들이 워낙 공부에 대한 열의가 뛰
어났다.

백발의 50세인 유대치가 격의 없이 자신의 어린 제

자들과 함께 배우는 모습을 보이니 유진이 감격하지 않을 수가 없었다. 그는 자신이 아는 것을 최대한 쉽게 풀어 설명했고, 하나하나 습득해 나갔다.

언어에 대한 이해는 어린 오세창과 서창 형제가 훨씬 빨랐다. 특히 서창은 독일어에 대한 기초 지식이 전혀 없음에도 하루하루 습득하는 속도가 달랐다. 제대로 된 교재가 없어 주먹구구로 가르치는 게 안타까울 정도였다.

'마치 내 10년 전 모습을 보는 것 같군.'

유대치가 흥미로워하는 것은 역시 서양의 역사와 세계 정세였다.

개화파답게 만국전도(萬國全圖)라는 세계지도와 중국을 통해 들어온 번역된 서양 서적들도 있어 유대치의 이해는 빨랐다. 그러나, 그가 모든 면에서 동의하는 것은 아니었다.

"그럼 법국에서는…… 신민이 군주의 목을 자르고, 제 멋대로 나라를 다스렸단 말인가?"

"그렇습니다. 이것을 역사에서는 프랑스 혁명이라고 부릅니다. 지금으로부터 90년 전의 일입니다."

"물론 맹자께서도, '은 탕왕과 주 무왕이 일개 범부인 걸주(하 걸왕과 은 주왕)를 죽였다는 말은 들었어도,

군주를 시해했다는 말은 듣지 못하였습니다' 하여, 백성을 괴롭히는 폭군을 징치하는 것은 당연하다고 하셨네. 하나, 군주가 폭정을 한다 하여 어찌 신민이 난당(亂黨)이 되어 어제까지 자신들의 군주였던 자의 목을 자를 수 있단 말인가? 그리고 멋대로 나라를 다스리다니…… 이는 패역무도(悖逆無道)가 아닌가?"

이러니저러니 해도 유대치도 조선의 유자(儒者)였다.

감히 백성들이 무리를 지어 군주의 목을 베고 스스로 공화국을 만들어 나라를 운영하는 것은 상상도 못하는 세계의 일이었던 것이다.

"선생님, 이 조선의 시각에서 보면 그렇습니다. 그리고 90년 전의 서양 각국도 그러하였습니다. 그러나 이것을 이해하지 못한다면 결코 이 시대와 서양인들은 결코 이해할 수가 없습니다. 지금 서양이 가진 힘은, 단순히 그들이 가진 기술과, 무기의 힘에서만 나오는 것이 아닙니다. 사상의 힘과, 제도의 힘이 있습니다. 그들은 신분의 차별이 없고, 자신들이 스스로 대표를 선출하여 뽑습니다. 대표는 선출로 뽑히기 때문에 국민의 여망을 무시할 수가 없습니다. 그렇기 때문에 각 국민들은 자신들의 나라를 위해 힘껏 일하고 또 싸우는 것입니다. 불란서 혁명은 민주적 제도와, 또 모든 국민이 군대를 가는 국민 개병제를 만들었습니다. 돈을 받고 싸우던 군주들의 용병은 불란서 국민군을 막을 수 없었습니다. 법국 황제 나폴레옹이 시대의 걸물이기도 했으나, 국민의 충성이 없었다면 결코 전 유럽을 지배하지 못했을 것입니다. 보로서(프로이센)가 법국의 지배를 물리치고 되살아난 것 역시 바로 국민군의 힘이었습니다. 오늘 날 세계에서 가장 부강한 나라는 영국과 법국, 덕국(독일)을 꼽을 수 있습니다. 그들의 힘은 공장과 병영 못지않게 학교와 의회에서 나오는 것입니다."

"으음……."

유진이 러시아에서 배운 바로는 유대치의 반응과 다를 바가 없었다.

전제국가 러시아는 프랑스 혁명을 악마적이고 반역적인 무신론자들의 만행으로 치부했고, 아예 역사 시간에 가르치지도 않았다. 김나지움에 다닐 때만 해도 유진은 프랑스 혁명에 대해 아는 바가 없었으나, 대학에 진학한 이후 본격적으로 근대사에 대해 배울 수 있었다.

프랑스 혁명의 경험은 1825년 데카브리스트 혁명 이래 러시아 급진주의자들의 상상력을 불어넣은 사건이었다. 극동에서 온 촌뜨기인 유진도 자연히 이런 분위기에 휩쓸릴 수밖에 없었고, 프랑스 혁명과 민주주의에 대한 금서들을 읽으면서 겉으로는 드러내지 않았지만 내심으로는 꽤 열렬한 급진주의자가 되었다.

러시아는 18세기 초 표트르 대제의 개혁 이후 기술적이나 군사적으로는 근대화되었지만 정치적, 사회적으로는 여전히 봉건제의 잔재에 있는 국가였다. 러시아에서 14년간 살면서 그 빛과 그림자를 모두 경험한 유진으로선 러시아식 근대화, 즉 정치와 사상을 배제한 무기와 기술의 근대화는 정답이 될 수 없다고 생각했다.

근대 국민국가의 기본은 국민 교육과 징병제, 그에 따른 신분제의 혁파와 헌정(憲政) 제도의 확립이었다. 역사를 보건대 사상과 제도의 도입 없이 무기와 기술의 도입만으로는 결코 근대화의 문을 열 수 없었다. 결코 이 시기의 중국식 양무개혁이나 조선식 동도서기는 해답이 아닌 것이다.

당대 조선을 둘러싼 정세는 심각했다. 조선 사회 최악의 병폐인 삼정(三政 : 전정, 군정, 환곡)의 문란은 흥선대원군의 십 년 섭정 기간 동안 어느 정도 해결이 되었다. 대원군은 과감하게 안동 김 씨 세도정치 하에서 곪아 왔던 상처들을 향해 거침없이 칼을 빼 들었고, 그것이 섭정에서 물러난 지 한참이 지났어도 여전히 백성들에게서 '대원위 대감'의 신망이 높은 이유였다.

그러나 이 개혁은 근본적인 개혁은 되지 못했다. 비록 대원군의 개혁으로 예전보다는 나아졌다고 하지만, 여전히 지배계층인 사대부의 권리는 무한했고, 의무는 거의 없었다. 백성의 삶 역시 일시적으로 안정되었을 뿐이지, 여전히 삶이 고된 것은 마찬가지였다.

그나마 기강이 잡혀 있던 대원군 섭정시대와 달리, 임금 이형의 친정은 그럴듯한 외견과 달리 실속은 없었다. 개화에 큰 관심을 갖고 있던 임금은 강화도 조약(1876년)으로 개항을 한 이후 여러 가지 개혁을 시도했지만, 내부적으로는 과거의 폐단과 근대의 폐해가 동시에 일어나고 있었다.

대원군이 그토록 경계했던 척족 정치의 부활은 매관매직과 이에 따른 지방 수령의 여전한 횡포와 조세 수입의 절감으로 이어졌다. 더욱이 개항 이후에는 조선의 쌀이 헐값에 대량으로 일본에 수출되면서, 도성의 곡물 가격은 천정부지로 뛰기 시작했다.

백성들이 이 모든 것이 왕의 개화 정책과 '왜놈'의 탓이라고 여기는 것도 무리가 아니었으며, 하층민들의 불만은 한계 상태에 도달하고 있었다.

군대는 거의 없는 것이나 마찬가지였고, 외적이 침략

신조선책략

해 온다면 격퇴할 방법도 없었다.

그나마 대원군 집권기에는 프랑스와 미국의 침입을 막을 용기와 의지라도 있었지으나, 현재의 조선은 일본의 군함 한 척에 위협을 느낄 정도로 허약한 나라였다.

특히 변방의 병영 상태는 더 심각했다. 변방의 수령과 군관들이 중앙의 눈을 피해서 어떻게 백성들을 착취하고 있는지는 유진도 잘 아는 바였다.

중앙의 명령은 사실상 있으나 마나였다. 임금이 수차례 지방에 대해 윤음(綸音)을 내리고 수령의 선정을 촉구해도, 지방의 수령들은 그러거나 말거나였다.

러시아 제국의 강력한 상비군과 관료제 시스템 밑에서 살아왔던 유진으로선 기가 막힐 정도였다. 러시아 지식인들이 경멸하던 그 혐오스러웠던 차르 전제 체제도 조선의 붕괴한 관료제와 비교하면 선진적인 체제로 보일 지경이었다.

근본적인 개혁이 필요한 시기였다.

＊　　　　　＊　　　　　＊

처음에는 모든 것이 어색했으나, 유진은 점차 유대치와 그 주변에 녹아들기 시작했다. 유대치는 과연 개화파 사상가답게 폭넓은 교류를 하였다.

유대치가 도성에 돌아온 지 얼마 안 되어, 일본으로 떠나는 수신사 일행이 출발했다.

수신사 김홍집을 수행하는 비공식 수행원이 된 강위는 올해 환갑으로, 비록 벼슬은 없었지만 그 식견과 혜안은 조선에서 제일간다 하였다.

그는 남다른 식견으로 강화도에서 조약을 맺을 때도 전권대신 신헌(申櫶)의 보좌역을 한 바 있었다.

초기 개화파 박규수, 오경석, 유대치와 매우 가까운 사이였고, 조정에서 벼슬을 하고 있는 김윤식(金允植)과 김홍집도 그의 문하였다. 벼슬이 없는 그가 김홍집의 수행원이 된 것도 그 덕이었다.

"추금자(秋琴子) 어른, 부디 무탈하게 다녀오십시오."

"고맙네, 대치. 같이 온 젊은이는 뉘신가?"

"새로이 들인 제 문하입니다. 아직 배울 것이 많은 아이입니다. 부디 어르신께서 앞으로 많은 가르침을 주시길 바랍니다."

"오, 그런가! 이거 축하하지 않을 수 없군그래. 대치가 문하로 직접 받아들일 정도면, 그 총명함이 남다르겠군. 앞으로 많이 기대가 되겠는걸."

조선
신
책략

강위의 반응처럼, 유대치의 제자가 된 것은 개화파 그룹에 합류하는 데 큰 도움이 되었다.

유대치는 이른바 백의정승으로 명망이 높았고, 자연스레 그 명성을 쫓아 집을 찾는 이들과 교류를 하게 되었다.

유대치의 문하는 말할 것도 없고, 또 다른 개화파의 축인 강위의 문하들과도 자연스럽게 교류를 할 수 있었다. 모두 조선의 변혁을 꿈꾸는 이들이었다.

"그간 강녕하셨습니까, 대치 선생님!"

보통 키에 영민해 보이는 외모의 서른 살 남짓한 사내가 유대치의 집에 들어오자, 유대치는 반색을 하며 반겼다.

"아니 이게 누구야, 고균(古筠)이 아닌가! 귀양에서 풀려났다는 소식은 들었네만, 도성에 당도한 것은 미처 몰랐네그려."

"어제 막 도성에 당도했습니다. 가친(家親)께 인사드리고, 제일 먼저 선생님부터 뵙고자 했지요."

"그것 참 고마운 말씀이네. 다행히 건강한 듯하여 기쁘구만."

방 안에 있던 유진은 들려오는 말에 마당으로 나왔다.

"이 아이는 내 새로 들인 문하, 김유진이라고 하네. 유진아, 인사하거라."

"허어, 그런 일이 있었군요. 반갑소이다. 이 사람은 김옥균이라 하외다."

김옥균이 사교적인 미소를 지으면서 인사를 했다. 범상치 않은 눈빛이라 생각하면서 유진은 인사에 화답했다.

"김유진이라 합니다. 앞으로 많은 가르침을 청하겠습니다."

"가르침은요. 이 사람도 대치 선생님의 문하에 불과하지요. 함께 배워 나가도록 하십시다."

"자, 여기서 이럴 게 아니라, 안으로 들어가서 이야기하지."

"……해서, 그런 변변치 못한 일로 귀양을 가게 되었으니 참으로 부끄럽습니다."

김옥균은 과거시험의 문공사관(文公事官 : 시험 감찰관)을 맡았다가 시험이 부정 시비에 휘말리게 되자, 책임을 지고 시험관들과 함께 파직되어 평안도 창성(昌城)에서 귀양살이를 한 터였다.

"너무 상심 말게. 벼슬살이 하면서 귀양 한번 가 보

지 않는 사람이 어디 있나. 석 달도 안 되어 풀려났다는 점에서 죄라 할 게 없다는 사실은 확실하지 않은가."

"이 중요한 시기에 주상 전하께 부끄러운 모습을 보였으니, 한스러울 따름입니다."

김옥균이 허탈해하자, 유대치는 좋은 말로 위로를 하였다.

"그건 걱정 안 해도 될 것이네. 자네만큼 재주 많은 이를 가만히 놀고 있게 할 만큼 조정에 인재가 넉넉하진 않으니 말일세. 곧 다시 전하의 부름을 받게 될 것이네."

"귀양만 가지 않았더라도, 수신사 일행에 한 자리를 얻어 일본을 갈 수 있었을 터인데…… 근년에 일본이 대변혁을 하고 있다 하니, 그 모습을 직접 보지 않을 수가 없습니다. 세상은 빠르게 바뀌어 가는데, 이 나라 조선만이 제 자리에 있는 것이 아닌가 염려스럽습니다."

"갈 길이 머네만, 그럴수록 더욱 힘을 내야지. 잠시 휴식할 시간을 가졌다고 생각하시게. 어떤가, 고균도 이번 기회에 유진 이 아이에게서 서양 언어를 배워 봄이. 비록 나이는 어리지만 이 아이가 서양 문물에 보통 밝은 것이 아니라네. 앞으로 서양과 수교를 한다면 꼭 필요한 것이 그 나라 말이 아니겠는가."

"호오, 그대가 서양 언어를 할 줄 안단 말입니까. 그것 참 재미있군요. 그래, 어디서 배우셨소이까?"

김옥균은 대단히 호기심을 드러내며 유진을 쳐다보았다.

"소생은 어릴 적부터 외국 문물에 관심이 많아 이곳저곳을 떠돌아다니다가, 우연히 인연이 닿아 아라사의 해삼위(海參崴 : 블라디보스토크)에도 다녀올 수 있었습니다. 그 나라에서 서양인들을 만났고, 덕택에 아어와 덕어를 배울 수 있었지요."

유진은 적당히 준비해 놓은 말을 꺼냈다. 그는 유대치 외엔 러시아에서 오래 살았다는 것을 가급적 티를 내지 않을 생각이었다.

"호오, 그래요! 이것 참, 동인(東仁) 선사 같은 분이 또 있었군요."

"아, 동인은 근래 어떻다던가, 일본의 일은?"

"마지막으로 편지를 받았을 때에는 동경의 영국 공사관과 접촉을 취해 본다 하였는데, 어찌 되었는지 모르겠군요. 아마 이번에 수신사 일행이 동경을 방문하니 무언가 소식이 있지 않을까 싶습니다."

"그래, 동인도 귀국하면 그간 새로 쌓은 식견이 기대되는군. 동경에서 가져올 물건들도 말이야. 아, 내 이번

신조선책략

에 새로이 중국에서 들어온 지도와 서책이 있네만, 김 군도 함께 봤으면 하네."

"저야 좋지요. 평안도에 있는 동안 세상과 단절된 것 같아 아주 심심하였습니다."

"그래, 유진아. 내 말한 것들을 가져오너라."

평상시라면 유대치가 김옥균에게 설명을 할 터였지만, 유대치는 유진에게 설명해 주기를 청했다. 유진의 식견을 돋보이게 하려는 그 배려를 파악한 유진은 지도를 보며 더욱더 열정적이고 적극적으로 세계의 정세에 대해 논했다.

"참으로 탁월한 식견이오. 과연 대치 선생님께서 수제자로 삼을 만하군요."

유진의 설명이 끝나자, 김옥균은 매우 놀라워했다.

"어떤가, 이만하면 이 아이의 식견이 쓸 만한가?"

유대치의 물음에 김옥균은 솔직하게 공감을 표했다.

"물론입니다, 선생님. 제가 조정에 있다면 지금 당장 천거를 하고 싶을 정도입니다. 선생님께서 그동안 얼마나 많은 가르침을 주셨는지 알 것 같습니다."

"아닐세, 오히려 내가 이 아이에게 배운다네. 그만큼 총명하고 탁월한 아이일세."

그 말에 김옥균은 더욱 놀랐다.

조선에서 백의정승 유대치보다 뛰어난 식견을 가진 이는 여태껏 봐 온 일이 없었던 탓이었다.

"그대가 범상치 않은 재주를 가졌으니, 앞으로 나라를 위해 크게 쓰일 날이 올 것이외다."

"과찬의 말씀이십니다. 아직 모자란 점이 많습니다."

유대치와 김옥균의 거듭된 칭찬에 유진은 정말로 몸둘 바를 몰랐다.

"아니오, 지금 조선에는 꼭 그대와 같은 식견을 가진 이가 필요하오. 때가 되면, 그대의 식견이 빛을 발할 날이 올 것이오."

순간 김옥균의 눈이 반짝하고 빛났다.

*　　　　*　　　　*

그렇게 김옥균과 친분을 트게 되자, 유진의 조선 생활은 더욱 다채로워졌다.

아무래도 쉰 살인 유대치보다는 같은 연배라 할 수 있는 서른 살의 김옥균이 더 편한 상대였다.

김옥균은 유능한 개화파 관료 일뿐 아니라, 인간적으로도 매우 매력 있는 인물이었다. 사교성이 좋은 그는 누구와도 쉽게 관계를 맺고, 덕택에 유진과도 금방 형님 아우 하는 사이가 되었다.

특히 그는 보수적인 사대부라면 경멸하는 온갖 잡기(雜技)와 풍류에 능한 인물이었다.

시서(詩書)와 그림은 말할 것도 없고, 특히 바둑 실력이 한성에 따라올 이가 없을 만큼 탁월했다. 그뿐인가, 투전판 노름에도 끼어들어 한몫을 챙기고 심지어 기생 저고리 벗기는 데에도 일가견이 있었다. 세도가 안동 김 씨 출신이라고 믿을 수 없는 이단아였다.

"자네 나이 되도록 기생집 한번 못 드나들었다니, 이 사람 여태 인생 헛살았구만. 아니, 도대체 아라사까지 가 봤다는 사람이 어찌 그토록 꽉 막혔나그래?"

김옥균의 질책에 유진은 묘한 표정이 되었다.

'생각해 보면 난 페테르부르크에 살 때도 유명한 유곽(遊廓) 한번 드나든 적이 없었구나. 언제 다시 가게 될지 모르는데, 진짜 인생 헛산 것 아닌가?'

"좋아, 가세나! 마침 투전판에서 돈도 두둑이 벌었겠다, 자네에게 인생의 또 다른 즐거움을 알려 주도록 하지. 내가 도성에서 미모와 자태가 가장 빼어난 기생들이 있는 곳으로 데려가지. 오늘 밤새 놀아보세!"

"아니, 형님. 제가 기별도 없이 집에 들어가지 않으면 선생님께서 걱정을 하실 터인데요."

그 말에 김옥균은 정말 한심하다는 듯이 혀를 찼다.

"쯧쯧, 자네 나이가 몇인가? 스물이 넘었는데도 어린 아이처럼 굴 텐가? 잔말 말고 따라오기나 하게!"

'나 참, 유럽에서 살다 온 내가 노는 걸로 못난이 취급을 받다니······.'

김옥균은 너무나 익숙하다는 듯이 운종가(雲鐘街)를 헤집었다.

인적이 많은 곳이었지만, 사람들 사이에서 유진은 자연스럽게 시선을 끌었다. 육 척(六尺—약180㎝)에 가까운 키가 당대의 조선 사람들보다 훨씬 큰 탓에, 지나가는 사람들은 유진을 자연히 쳐다볼 수밖에 없었던 것이다.

원래 함경도 사람들이 다른 지방 사람들보다 키가 큰 것은 유명할뿐더러, 성장기에 서양식으로 식습관을 갖춘 유진은 키가 훌쩍 커 버린 것이었다.

아직 머리가 조선 사람들처럼 길지 않은 탓에 상투는 틀지 않았지만, 유진의 키가 큰 덕에 드러나지 않을 수 있었다. 유진은 여전히 도포자락과 갓이 불편했고, 상투는 더 어색했다.

"이리 오너라!"

"아이구, 나리! 오셨습니까요? 그간 찾아 주지 않으

신조선책략

셔서 영 섭섭하였습니다요."

주인으로 보이는 사내는 김옥균의 행차를 크게 반겼다. 보아하니 한두 번 드나든 것이 아닌 게 분명했다.

"응, 간만일세. 오늘은 내 특별히 이런 곳이 처음이라는 아우를 데리고 있으니, 한 상 그럴싸하게 차려 보게. 그리고 가장 빼어난 아이들로 불러오고."

"여부가 있겠습니까! 얘들아, 어서 나리를 모시거라!"

김옥균의 장담대로 집은 휘황찬란했다. 차려 나온 음식들도 조선 땅에 오고 나서 처음 보는 것들이었다.

사실 유대치 정도 되는 자산가 집안의 식사도 소박할 정도였다. 고기 종류는 드물고, 거의 다 채식 위주였던 탓이다. 10년간 유럽식으로 살면서 완전히 육식 문화에 익숙해진 유진으로선 채식 위주인 조선의 식습관은 쉽게 적응할 수 없는 식단이었고, 고기에 대한 금단현상은 더욱 심해지고 있었다.

하나 오늘 나온 음식들은 마치 페테르부르크의 고급 식당에서 먹는 만찬만큼이나 화려했다. 저절로 젓가락이 움직이며, 특히 오랜만에 섭취하는 돼지고기에 감격하고 있었다.

"이 사람아, 며칠 굶기라도 했나? 천천히 자시게."

"아니, 형님. 이거 정말 맛있는데요?"

여전히 걸신들린 것 마냥 젓가락을 멈추지 못하는 유진을 딱하다는 듯이 쳐다보았다.

"평상시에 못 먹고 살았나? 그래서 그렇게 키만 멀대같이 큰 게로구만."

김옥균이 유진의 모습에 쯧쯧 거리며 혀를 차고 있을 때, 장지문 밖에서 소리가 들려왔다.

"나리, 들어가옵니다."

문이 열리고 곱게 차려 입은 기생 넷이 방 안으로 들어섰다.

흑백사진으로만 보던 기생들을 직접 보게 되니 기묘한 기분이었다. 한 사람씩 옥균과 유진의 곁에 앉고, 나머지 둘은 반대편에 앉았다.

김옥균이 너무나 자연스럽게 어울리는 것과 달리, 유진은 영 어색하기 짝이 없었다. 어색한 침묵이 계속되자 옆에 앉은 기생이 술을 권했다.

"선비님도 한잔 받으셔요."

"아, 네."

유진은 술을 받고 허겁지겁 그 잔을 쭉 넘겼다.

"허 참, 그 친구 보기보다 더 숙맥이네그려. 좋은 인물이 아깝네."

신조선책략

김옥균의 농에 기생들이 풋 하고 웃음을 터트렸다.

사실 도덕적으로 결벽성이 있는 유진에게 이 자리는 썩 기분이 좋은 것이 아니었다.

그는 기본적으로 매춘은 여성에 대한 성적 착취라고 생각하는 사람이었다. 물론 이 자리에 있는 기생들은 고급 기생들이었고, 목적도 몸을 파는 것이 아니라 상류층 손님들의 술자리 응대였다.

그만큼 풍부한 교양과 예술을 겸비한 이들이었는데, 김옥균이 이들에게 인기가 있는 것도 예술적인 감각이 탁월해서였다.

"형님, 소리 한 번 듭시다. 내가 잘은 모르오만 기생들은 다들 재주가 많다 들었습니다."

무언가 유럽에서 보지 못한 예술을 봐야겠단 생각이 든 유진은 소리를 청했다.

조선 후기에 등장한 판소리는 특히 이 시대에 전성기를 꽃피우고 있었다. 판소리 애호가인 흥선대원군과 임금의 덕이었다.

"소리? 그거 좋지. 월향아, 네 솜씨 한번 보여 주거라."

"예, 나으리. 어떤 것으로 할까요?"

"음, 아우님이 정하시게."

"춘향가? 아니, 심청가로 하지요."

물에 빠졌다가 용궁 구경한 심청의 처지가 꼭 자신의
처지와 다를 바가 없다고 생각이 들어서였다.

"이 사람아, 심청가 다 부르는 데 시간이 얼마나 걸
리는 줄 알아? 몇 대목만 해야지, 이 밤 다 지나가겠네
그려."

김옥균의 일리 있는 지적이었다.

"아, 그렇군요. 그럼 심봉사 눈 뜨는 대목으로."

"그리하지요. 잠시만 기다려 주시어요."

고수(鼓手)가 북과 함께 들어오고, 목을 가다듬던 월
향이란 기생은 이윽고 자리에서 일어나 말문을 열었다.

"을축년 정월달에 산후 달로 상처하고, 어미 잃은 딸
자식을 강보에 쌓아서 안고, 이 집, 저 집을 다니면서
동냥젖을 얻어 먹여, 겨우겨우 길러 내여, 십오 세가 되
었는디. 이름은 청이옵고, 효행이 출천허여……."

처음으로 직접 듣는 조선 사람의 판소리에 유진은 적
잖이 감격했다.

조선의 판소리는 들어 본 적도 없고, 서양문화권에서
살다 보니 서양 고전음악(클래식)을 주로 듣던 유진이었
다. 고전음악에 익숙해져 있어 큰 기대는 하지 않았는
데 막상 판소리를 처음 들어 보자 마음이 물결처럼 흔들

신조선책략

렸다.

"아이고, 아버지~ 여태 눈을 못 뜨셨소. 인당수 풍
낭 중에 빠져 죽던 청이가, 살아서 여기 왔소. 어서어서
눈을 떠서 소녀를 보옵소서."

소리가 한창 이어지는데, 맞은편에 앉아 있는 기생의
고개가 숙여졌다.

가장 어려 보이는 기생으로, 어딘가 표정이 처연해
보였다. 다른 사람은 눈치 못 챘지만, 유진의 눈에는 눈
물을 억지로 참는 것이 보였다.

"얘가 왜 이래. 어느 안전이라고 우는 게냐? 어서 뚝
그치지 못해!"

이변을 눈치챈 옆자리의 기생이 꾸짖자, 울던 기생은
화들짝 놀라 급히 눈물을 지웠다.

"죄송합니다, 나리. 아직 어리고 경험이 일천한 아이
다 보니……."

"괜찮다. 그나저나 네가 심봉사 만나는 심청이도 아
닌데 왜 네년이 울고 그러느냐? 너도 용궁 구경이라도
한 게야?"

"풋!"

김옥균의 농담에 일순간 가라앉았던 분위기가 다시
올라왔다.

"송구하옵니다. 월향 언니의 소리가 너무 좋아서 저도 모르게 눈물이 난 것입니다. 괘념치 마시옵소서."

어린 기생이 억눌렀던 표정을 피자, 김옥균은 다시 박수를 치며 소리를 청했다.

"그래, 월향이가 과연 명창이지. 되었다, 탓할 것 없으니까 월향이는 계속하여라!"

소리는 계속 이어졌고, 마침내 눈을 뜬 심봉사가 심청과 재회하는 감동의 절정이 끝나자 박수가 쏟아졌다.

"좋구나, 좋아! 이제 홍도 올랐으니 더욱더 마셔 보세!"

분위기가 오르자 김옥균은 계속해서 술을 권했다. 한 잔 두 잔 마시던 유진은 점차 취기를 느꼈다.

원래 주량이 많지도 않을뿐더러, 술을 마셔도 맥주나 마시던 유진에게 조선의 술은 도수가 강한 듯했다. 입 안으로 알코올의 향이 강하게 느껴졌다.

점차 취해 가던 유진이었지만, 맞은편에 앉은 어린 기생이 점점 더 신경이 쓰였다.

'무슨 사연이 있어 울었던 것일까? 무언가 곡절이 있겠지. 기생을 하기에도 너무나 어려 보이는데……'

어린 기생은 아무 일 없었다는 듯 표정을 바로 했지만, 눈동자는 여전히 슬퍼 보였다.

유진의 시선이 계속 그녀에게로 향하자, 이를 눈치챈 김옥균은 의미심장하게 씩 웃었다.

"얘야, 너 이름이 뭐냐?"

"계손향(溪蓀香)이라 하옵니다."

어린 기생이 다소곳하게 이름을 밝혔다.

"붓꽃 향기라…… 좋은 이름이구나. 그래, 계손향. 저기 유 선비가 많이 취해서 쉬어야 할 듯싶구나. 네가 아까 울어서 분위기를 파하였으니, 그 갚음으로 유 선비를 오늘 밤 잘 모시거라."

"네?!"

계손향보다 유진이 더 놀라서 반문했다.

"아니, 뭘 그리 놀라나? 자네 따로 방으로 가서 쉬라는데. 계손향은 그걸 도우라는 거고."

"그리하시지요. 소녀가 모시겠사옵니다."

술기운이 많이 올라 어차피 쉬고 싶던 참이긴 했다. 결국 자리에서 일어서려는 유진을 붙잡고, 김옥균이 귓속말을 했다.

"이보게 아우, 아무리 취했기로서니 함부로 건드리지 말게. 이 집 아이들은 창기(娼妓)도 아닐뿐더러, 보아하니 저 아이는 머리도 안 올린 어린 기생 아닌가."

"형님!"

김옥균의 거듭된 농담에 유진이 으르렁거렸다.

"농일세 농! 원 사람 정색하기는……."

＊　　　　＊　　　　＊

계손향의 인도를 따라 조용한 방으로 향했다. 방 한편에 이부자리가 깔려 있었다. 방 불을 킨 계손향은, 조용히 입을 열었다.

"어찌하실 것이온지요."

"네?"

갑작스러운 말에 유진은 깜짝 놀랐다.

"말씀 낮추시옵소서. 주무실 것이신지요? 아니면 술상을 새로이 올리는 것이 좋겠사옵니까?"

"아아. 그럴 필욘 없고……. 쉬겠습니다."

갓과 도포를 벗으려는데, 계손향은 그가 도포를 벗으려는 것을 도우려 했다.

"아니, 쉬겠다는데요. 안 나갑니까?"

"……소녀는 오늘 밤 선비님을 잘 모시라는 나리의 명을 받았사옵니다."

"그래요, 그래서 날 여기까지 데리고 왔잖소. 그러니까 낭자도 이제 나가서 쉬십시오."

조선
신
책략

"아니 될 말씀입니다. 소녀는 나리께서 명한 바를 따라야 합니다. 그것이 이곳의 법도이옵니다."

계손향의 단호한 말이었다.

'김옥균, 이 인간이 정말……!'

이런 일은 처음이었다. 술기운은 계속 오르고 있었지만, 어쩐지 정신은 더욱 또렷해지고 있었다.

"어, 그럼…… 일단 앉아서 생각해 봅시다."

유진은 갓만 벗고 자리에 앉았다. 상투를 틀지 않은 단발한 머리에 계손향은 놀랐지만, 이를 입 밖으로 내지는 않고 자리에 다소곳이 앉았다.

"원래 이름이 뭐죠? 계손향은 여기서 지어 준 이름일 테고."

"……계집이 원래 이름이 어디있겠사옵니까. 계손향이 제 이름입니다."

하기야 조선 시대는 양반집 딸이 아닌 이상 이름도 제대로 안 짓는데, 기생이라면 말할 것도 없을 터였다. 무안해진 유진은 말을 돌렸다.

"나이는 몇 살인가요?"

"병인년 생이옵니다."

간지와 연도를 따져보던 유진은 깜짝 놀라고야 말았다.

'맙소사, 열다섯 살이라니. 서양으로 치면 중학생이 잖아! 근데 기생이라니! 이래서 노동법이 필요해!'

학교를 다니며 한창 즐겁게 살 나이였다. 겨우 열다 섯 살인데 자유를 빼앗긴 기생이라니, 유진은 딱한 마 음이 들었다.

물론 열다섯 살이라고 하기에는 기품과 절도가 있어 서, 어려 보이는 얼굴을 제외하면 도저히 그 나이로 보 이지 않긴 했다.

"주무시지 않을 것이라면, 가볍게 주안상이라 도……."

"아뇨, 아뇨. 별로 먹고 싶은 생각 없어요. 이야기나 합시다."

일어서려는 계손향을 앉히고, 어색한 침묵이 계속 흘 렀다.

"무엇 좀 물어봐도 되겠습니까?"

"하문(下問)하시옵소서. 그리고, 말씀을 편히 낮추시 옵소서."

말을 낮추라는 계손향의 말에도, 유진의 입에서는 편 히 반말이 나오지 않았다. 그녀는 어려 보였지만 어디 선가 범접하기 어려운 기품이 있었다.

"그대는 어찌하여 아까 눈물을 보였던 것이오?"

"……."

"아, 답하기 어려우면 안 해도 됩니다."

계손향이 침묵하자, 유진은 혹시나 사생활을 침해인가 싶었다.

"아닙니다. 심청가를 듣다가 작고하신 아버님 생각이 떠올라서 그랬습니다."

"아버님께서 돌아가셨군요."

"네, 제가 아기였을 때 돌아가셔서 기억조차 나지 않지만……. 그래도 아버님이 살아 계셔서 저렇게 만날 수 있으면 얼마나 좋을까, 하고 생각을 해 보았더니 그만 무례를 저질렀사옵니다."

"……나도 그래요."

거짓이 없어 보이는 계손향의 표정에, 유진은 자신의 심경을 솔직히 밝히고 싶었다.

"네?"

"부모님을 더 이상 뵐 수 없다는 것이, 이 세상에 외톨이처럼 혼자 있다는 사실에 슬펐던 적이 한두 번이 아닙니다."

"부모님께서…… 별세하신 것인지요?"

조용한 목소리로 반문하는 계손향을 바라보며, 유진은 넋두리를 늘어놓았다.

"예, 제가 어릴 적에. 물론, 삶을 살면서 좋은 사람들도 많이 만났고, 훌륭하신 분을 양부모님으로 모시게 되었지요. 일생을 걸고 목표한 바도 생겼고. 그래도 어딘가 허전한 건 참을 수가 없군요."

유대치를 제외하면, 유진이 처음으로 타인에게 속내를 드러낸 것이었다. 계손향은 조용히 듣기만 했다.

"예전에 힘들던 시절에는 잠이라도 자고 나면 이 모든 게 꿈이 아닐까, 하고 잠자리에 듭니다만…… 그렇지는 않더군요. 깨어나 보면 이것이 현실. 좋은 꿈이라도 꾸고 난다면 꿈에서 깨고 싶지 않은 것처럼요."

"소녀도 그런 적이 있사옵니다. 하나 부정하면 부정할수록, 현실은 더욱 잔혹하게 다가왔습니다. 그런 현실을 바꿀 수가 없다면, 그에 적응하고 살아가야 하는 것이 아닐런지요."

열다섯 살이라고 하기에는 믿기 어려울 만큼의 침착함을 보이는 계손향의 말에, 유진은 약간 충격을 받았다.

"현실을 바꿀 수 없다……. 분명 내가 이곳에 살아가는 현실 자체는 바꿀 수 없겠지요. 하나 앞으로 다가올 미래는 바꿔 볼 수 있으리라 생각합니다. 그렇지 않다면 내가 여기서 살아가는 이유가 없어요."

조선
신
책략

유진의 말이 점차 두서가 없어져서 계손향은 어딘가 이상한 그의 말이 잘 이해가 되지 않았지만, 토를 달지는 않았다.

"말이 너무 많아졌군요. 취했나 봅니다……. 난 이만 자겠습니다. 그대도 쉬도록 해요."

"그럼, 편히 쉬시옵소서."

유진이 도포를 벗고 자리에 눕자, 계손향이 등잔불을 훅 하고 껐다.

*　　　*　　　*

날이 밝았다.

유진은 지끈거리는 숙취를 느끼며, 자리에서 일어났다.

계손향은 이미 자리를 뜬 듯했다. 주위를 둘러보던 유진은, 소담한 상에 그릇이 놓여 있는 것을 보았다. 열어 보니 꿀물이었다.

'숙취에는 꿀물이라…….'

계손향의 배려가 고마웠다.

'그렇게 어린아이도 현실에 맞서 살아가는데, 나도 걱정만 하며 주저앉을 수는 없지. 더 이상 감상에 빠지

지 말자.'

옷매무새를 다듬고 나와, 기생집 문 앞에서 김옥균을
기다렸다.

"어떤가, 지난밤에 그 어린 기생하고 어디까지 갔
나?"

아침 인사를 대신한 김옥균의 첫마디에 유진은 눈을
확 쏘아보았다.

"아니, 사람이 왜 이렇게 매사 진지한지 모르겠네그
려. 농이라고 몇 번을 설명해 줘야 하나."

유진은 결코 유머 감각이 없는 사람이 아니었다. 단
지 김옥균의 음담패설과는 초점이 안 맞을 뿐이었다.

"고균 형님."

유진은 불현듯 생각이 미쳐 김옥균을 불렀다.

"음?"

"생각해 보니 여기도 괜찮군요. 가끔 놀러 오겠습니
다."

"하하, 드디어 풍류란 걸 알게 됐나 보군. 좋아, 다
음번에도 또 오세나."

딱히 기생집이 좋다기보다는 계손향이 신경 쓰여서였
지만, 김옥균은 지레 넘겨짚고 껄껄 웃었다.

김옥균하고는 놀기만 하는 것이 아니었다. 김옥균은

신문물을 배우는 데 적극적이었고, 자신보다 어린 유진에게서 배움을 청하는 데 주저함이 없었다. 더욱이 그는 개화파 청년 그룹의 영수 격이라, 그와 가까워지니 자연히 서광범(徐光範), 홍영식(洪英植) 같은 이와도 친분을 맺을 수 있었다. 모두 노론 명문자제들이었다. 특히 왕실의 부마인 금릉위 박영효(朴泳孝) 같은 이는 감히 만나 볼 수도 없을 터였다.

다만 모두가 김옥균처럼 사교적인 성격은 아니어서, 쉽게 가까워질 수 있는 것은 아니었다. 서광범은 말수가 적었고, 홍영식은 사람은 좋으나 말이 잘 통하지 않았다. 스무 살인 박영효는 과연 조선의 귀공자답게 잘생긴 외모를 자랑했지만, 부마 신분답게 어딘가 오만하고 차가워서 쉽게 다가가기 어려운 인물이었다.

단지 개화파의 지도자 격인 유대치의 문하라 하여, 유진을 존중해 주는 것이었다. 아직까진 자신의 모든 면을 드러낼 수 없다고 생각한 유진은, 조심스럽게 이들을 대했다.

유럽의 삶에 익숙한 유진에게 조선의 일상생활이란 건 무료하기 짝이 없는 것이었다. 그나마 독서 정도가 유일한 취미 생활인데, 읽을 수 있는 서책의 양은 제한

적이었다. 그나마 고수라 할 수 있는 김옥균에게 바둑을 배운 덕에 틈틈이 바둑을 두는 것이 새로운 즐거움이 되었다.

유진의 주된 일상은 유대치에게서 한문과 고전을 배우고, 그리고 오세창 형제에게 외국어를 가르치는 것이었다. 그 외의 남는 시간에는 유대치 문하의 사람들과 어울리거나, 오서창을 데리고 한양 인근을 산책하는 것이었다.

어렸을 적에 살았던 두만강변의 그 궁벽한 모습보다야 활기가 있지만, 페테르부르크의 웅장한 시가지에서 살던 유진의 눈앞에 보이는 것은 한적한 포구일 뿐이었다. 그래도 도성의 관문이라 많은 사람들과 물건이 오고 가는 곳이었지만, 아직 유럽의 잔상이 강하게 남아 있는 유진으로선 그저 시골 포구에 불과했다.

"병인년에, 이곳에서 수많은 천주신앙인이 죽었다고 합니다. 오죽하면 저기 보이는 봉우리가 절두산(切頭山)이라고 이름이 바뀌었겠소."

유진과 서창을 태우고 노를 젓던 사공이 목소리를 낮추면서 말했다.

"그 후에 살아남은 천주신앙인들이 어떻게 되었는지 아십니까?"

조선
책략
신
천

서창이 호기심을 감추지 못하고 말하자, 사공이 고개를 갸웃거렸다.

"글쎄올시다……. 들은 말로는 살아남은 이들은 이곳 저곳 숨어 들어가 정체를 감췄다고 하는데, 잘은 모르겠소."

그 말을 듣던 유진은 불현듯 무언가 생각이 미치는 게 있었다.

'그러고 보니 조선에는 가톨릭 신부들이 숨어서 전도한다고 들었는데. 한번 알아봐야겠다.'

"선생님, 조선에 있는 법국 신부의 소재를 수소문해 봤으면 합니다."

"뭐라고? 네 진정으로 하는 말이냐?"

유진의 갑작스러운 청에 유대치는 깜짝 놀랐다.

"네, 송구스럽사오나 선생님께서 좀 손을 써 주시길 청합니다."

"내가 이전에도 말했다시피, 사교는 아직 금령에 의해 절대 엄금되어 있다. 관아에서 알게 되면 단단히 경을 치게 될 터. 그런 위험을 감수하고 굳이 법국 신부를 만나고자 하는 이유가 무엇이냐?"

"곧 조선은 법국을 비롯해 서양 각국과 수교를 하게

될 것입니다. 이것은 곧 다가오게 될 현실입니다."

"하긴 5월에 미국 함대가 동래에 와서 수교를 청하긴 했다. 청국 북양대신 이홍장(李鴻章)도 작년에 우리 조정에 서한을 보내어 서양 국가들과 수교를 권하기도 했지."

"동양에서 외교를 할 때 한문을 쓰듯이, 서양은 외교를 할 때 프랑스어, 즉, 법국 말을 씁니다. 그러나 현재 조선에는 프랑스어를 할 줄 아는 이가 없으니, 외교를 하는 데 큰 지장이 있을 것입니다. 마침 법국 신부라면 조선말에도 능할 것이니, 그에게서 프랑스어를 배워 보고 싶습니다."

유진은 외국어를 전혀 사용하지 않는 환경에서 살다 보니 점차 외국어를 잊어 가고 있었다. 완전히 기억이 사라지기 전에 프랑스어 실력을 되살리고 싶었다.

그뿐만 아니라, 조선에 우호적인 선교사를 통해서 프랑스와 비공식적인 외교 라인을 만들고 싶었다. 유진은 생각도 못할 일이지만, 이는 병인박해 이전에 대원군이 고려하던 바이기도 했다.

'향후 몇 년 내로 베트남 문제를 놓고 프랑스와 청은 필연적으로 충돌한다. 그전에 프랑스와 외교관계를 맺어야만 해.'

신
조선
책략

"뜻은 좋으나…… 위험할 수 있다."

"꼭 좀 부탁드리겠습니다."

유진이 머리를 숙이며 간곡히 청하자, 유대치는 할 수 없다는 듯이 한숨을 쉬었다.

"알겠다. 내 알아보마."

얼마 후, 유진은 유대치의 문하를 통해 '베드로' 라는 천주교 신자와 접촉할 수 있었다. 유대치의 문하 중에 서학(西學)에 큰 관심을 가진 이가 있었던 것이다.

외국인 신부의 소재는 극히 보안을 요하는 일이니만큼 베드로는 난색을 표했으나, 유진은 이미 자신이 러시아에서 세례를 받은 신자임을 밝혔다. 베드로는 깜짝 놀라더니, 이윽고 반가움을 표시했다.

"그대도 우리 형제셨군요. 그렇다면 당연히 환영합니다."

베드로의 말에 따르면, 법국 신부 백규삼(白圭三)은 주로 황해도 일대에서 비밀리에 전도를 하고 있으나, 1주일에 한 번씩 한성과 경기 일대의 신도들을 위해 몰래 뱃길을 따라 한성 인근으로 온다고 했다. 베드로는 다음 미사에 유진을 데려가기로 약속했다.

*　　　*　　　*

약속한 날이 오자, 베드로는 유진을 데리고 이른 새벽부터 움직였다. 한성 밖으로 나가, 한강을 따라 움직이던 베드로는, 인적이 드문 길을 따라 숲 안쪽으로 들어가더니 작은 말사(末寺)로 들어가는 것이 아닌가. 불교 사원이 천주교도들의 비밀 회합 장소가 된 것이었다.

'놀랍군. 마치 말로만 듣던 구교도(старове ры : 17세기 이전의 옛 전례를 고수하던 러시아 정교회의 일파로, 이단으로 규정되어 탄압 받음)들 같아.'

경계를 서던 이와 잠시 대화를 나누던 베드로는, 이윽고 유진에게 따라오라고 손짓을 했다.

"어서 오십시오, 천주님 안의 형제여."

"천주님의 가호가 그대와 함께하시길."

성호를 그으며 인사를 주고받던 사내는 낯선 이의 모습에 순간 경계하며 베드로에게 물었다.

"이분은 뉘십니까?"

"우리와 같은 형제이십니다."

그는 고개를 끄덕거리고, 베드로와 유진을 안으로 안내했다.

이미 신부는 도착하고, 미사가 막 시작한 것으로 보였다. 방의 중간은 얇은 천으로 가려져, 남성 신자와 여

조선
책략

성 신자를 나누는 경계가 되었다.

Credo in Deum Patrem omnipotentem, Creatorem caeli et terrae. Et in Iesum Christum, Filium eius unicum, Dominum nostrum, qui conceptus est de Spiritu Sancto, natus ex Maria Virgine, passus sub Pontio Pilato, crucifixus, mortuus, et sepultus, descendit ad inferos, tertia die resurrexit a mortuis, ascendit ad caelos, sedet ad dexteram Dei Patris omnipotentis, inde venturus est iudicare vivos et mortuos. Credo in Spiritum Sanctum, sanctam Ecclesiam catholicam, sanctorum communionem, remissionem peccatorum, carnis resurrectionem et vitam aeternam. Amen.

미사는 처음부터 끝까지 라틴어로만 진행되었다. 신부를 제외하면 모두 조선 사람이었기에 라틴어로 말하면 알아들을 수 있는 사람이 없을 터이지만, 제사를 금지하여 유교적 예법을 중시하는 조선 사회와 엄청난 마찰을 빚어낼 만큼 이 시기 천주교는 교리의 융통성이 없었다. 김나지움을 다니면서 라틴어를 배운 유진만이 신부의 말을 이해하고 있었다.

그럼에도 불구하고 이들 신자들은 모두 진지하고 엄숙하게 미사를 치렀다.

병인년 박해로 수많은 천주교인들이 처형되고, 대원군의 실각 이후에는 박해가 거의 사라졌다고는 하지만 아직도 비밀리에 이 정도로 신앙이 유지된다는 것은 참으로 놀라운 일이었다.

사실 세례를 받았다곤 하나 종교 그 자체에는 무관심한 무신론자인 유진이긴 하나, 한동안 기독교 문화권에 살았기 때문에 예배는 익숙한 장면이었다. 더욱이 조선의 천주교 모습은 처음 보는 만큼, 관심이 가지 않을 수가 없었다.

예배를 마치고, 성찬식까지 끝나자 유진은 자리를 정리하고 있는 신부에게 접근했다.

"Bonjour, mon Pere(안녕하십니까, 신부님)."

"Bonjour, Parlez—vous Francais(안녕하십니까, 프랑스어를 할 줄 아십니까)?"

신부는 놀라워하면서 반문했다. 처음 보는 조선 사람

이 프랑스어를 하니 놀랄 수밖에 없었다.

"Oui, un peu(네, 조금). mais Je parle seulement un peu de Francais(한데 잘하는 건 아닙니다)."

"그럼 조선말로 할까요?"

유진이 겸손하게 대답하자, 푸른 눈의 신부는 바로 유창한 조선말로 답했다.

"제 프랑스어 보단 신부님의 조선어 실력이 더 뛰어나신 것 같습니다. 그리하시지요."

그때 베드로가 신부에게 귓속말로 소근 거렸다. 신부는 고개를 끄덕이고, 유진에게 자리에 앉기를 권했다. 갈색 수염을 길게 기른 신부의 인상은 선량해 보였다.

"전 백규삼이라고 합니다. 형제님 이름은?"

"김유진이라고 합니다. 세례명은 게오르기우스입니다. 백규삼은 조선 이름일 터이니, 신부님의 성함은 어찌 되시는지요?"

"세속 이름은 장 블랑(Jean Blanc)입니다. 게오르기우스 형제, 세례는 어디서 받으셨습니까?"

"블라디보스토크에서 받았습니다."

"블라디보스토크? 러시아에서 살았습니까?"

신부가 놀라움을 표시했다.

"네, 러시아에 적잖은 조선 사람들이 삽니다."

"그럼 로마가 아니라 모스크바의 전례(典禮)를 따릅니까?"

로마 가톨릭과 정교회(正敎會, 동방정교)는 뿌리는 같은 기독교일지 몰라도 서로 다른 종파였다.

1054년에 분리된 이래, 가톨릭과 정교회는 적대적인 관계를 유지했다. 정교회의 수호자를 자처하는 러시아는 주로 폴란드인들이 믿는 가톨릭에 대해 비우호적이었고, 이에 몇 년 전에는 교황 레오 13세가 차르 알렉산드르 2세에게 서한을 보내서 차르의 관용을 호소하기도 했다.

"정교회 세례를 받은 조선 사람의 경우는 그렇습니다만, 저는 좀 특이한 경우라서 로마 가톨릭의 세례를 받았습니다."

"그렇습니까? 정말로 반갑습니다. 그럼 형제님이 프랑스어를 할 줄 아는 건, 러시아에서 배웠겠군요?"

"네, 러시아에서 학교를 다니면서 배웠습니다."

블랑은 한층 더 놀랍다는 듯이 고개를 주억거렸다.

"러시아 땅에서 올바른 신앙을 지켜 온 형제의 노고에 감사합니다."

그 말을 들은 유진은 심히 민망했다. 사실 세례야 본

신
조천
책략

인보다는 자신을 거둔 양부모의 뜻이었지, 그 스스로 종교에 관심을 가진 적은 거의 없었다. 조선의 유학적 세계관과 기독교적 세계관, 무신론적 세계관을 모두 경험한 그는 일종의 불가지론(不可知論, Agnosticism)자였다. 신부를 상대로 거짓말하기도 미안해서, 유진은 본심을 드러냈다.

"솔직히 말씀드리자면, 전 세례 받은 신자이긴 합니다만, 서양 문물 그 자체에 더 관심이 있습니다."

"그게 무슨 뜻이지요?"

"신부님께 프랑스어를 배우고 싶습니다. 지금도 쓰는 데는 불편함이 없습니다. 하나 신부님도 아시겠지만 외국어라는 것이 계속 사용하지 않으면 까먹지 않습니까."

그 말에 블랑은 적잖이 실망한 표정을 지었다.

"천주의 가르침을 배우려 함이 아니고요?"

"제가 여기서 신부님을 뵌 것 자체가 천주의 가호를 받은 것 아니겠습니까?"

유진이 너스레를 떨자, 블랑의 표정이 굳어졌다.

"저는 천주의 말씀을 전하는 사람이지, 프랑스어 선생이 아닙니다. 그럴 목적이라면 받아들이기가 어렵겠군요."

"신부님. 잘 아시다시피, 천주신앙인들은 이 조선 땅

에서 오랫동안 박해를 받아 왔습니다. 하나 그 박해는 곧 끝나게 될 것이고, 이 조선과 신부님의 모국 프랑스가 국교를 맺을 날도 멀지 않았습니다. 그럴수록, 상대방을 더 잘 아는 사람이 많아야 하지 않겠습니까? 신부님이 조선에 대해 알고 계시듯, 저도 프랑스에 대해 더 알고 싶습니다."

역설적이게도 박해를 단행한 흥선대원군의 부인 부대부인 민 씨와 장녀도 천주교 신자였고, 러시아의 위협에 맞서 프랑스 신부를 통한 서양과의 교류도 검토하던 바였다.

그러나 대원군이 결국 극단적인 박해를 단행한 것은 국내의 정치적 요인 때문이었다.

민생개혁을 위한 호포법의 실시와 환곡 폐지, 서원철폐로 사대부와 크게 척을 진 대원군이 천주교마저 공인했다면 그야말로 사문난적(斯文亂賊)이 됐을 터였다. 정치적 요인으로 시작된 탄압은 전쟁을 불러 들일만큼 큰 국제문제로 비화했고, 전면적인 척화정책으로 발전했다.

반대로, 대원군이 물러나고 척화정책이 사실상 흔들린 지금은 그들 천주교인들에게 종교의 자유가 곧 오게 될 것이라는 희망을 줄 수 있을 터였다.

조선
신
책략

"혹시 조정에서 벼슬하는 분입니까?"

"그건 아닙니다만, 이 나라 조선의 개혁을 위해 일생을 바치려는 사람입니다. 제 신분에 대해선 베드로 형제가 보증해 주실 겁니다."

"으음……."

잠시 눈을 감고 생각하던 블랑은, 이윽고 결심을 한 듯 눈을 떴다.

"프랑스어를 배운다면, 어디에 쓰려고 하십니까?"

"프랑스어는 유럽의 공용어입니다. 신부님께서 조선과 가톨릭을 연결하는 다리가 되듯, 저도 유럽과 조선을 연결하는 다리가 되고 싶습니다."

"좋습니다. 형제님의 뜻이 그러하다면, 내가 미력하나마 도움을 주지 않을 수가 없겠군요. 이 모든 것도 주님의 인도일 것입니다."

블랑은 천천히 성호를 긋더니, 동의의 뜻을 표했다.

"감사합니다, 신부님! 이 은혜 잊지 않겠습니다."

"대신, 형제님도 나를 좀 도왔으면 합니다."

"무엇이든지요."

블랑은 자신의 짐 한 무더기에서 육필 원고를 끄집어냈다.

"나는 돌아가신 페롱 신부님으로부터 이 불한사전을

받은 바 있습니다. 내가 조선어를 습득한 것도 이 사전의 공이 크지요. 나는 이 사전에 좀 더 많은 어휘를 추가해서 완성도 높은 사전으로 만들어 출판하고 싶습니다. 마침 형제님이 프랑스어를 알고 있으니, 좀 도와주셨으면 하오."

"물론입니다. 제가 도움이 될 수 있다면 얼마든지."

만약 이 사전이 완성되어 출판된다면, 그건 서양 최초의 조선어 사전이 될 터였다.

유진은 블랑과 의견을 조율해서, 블랑이 서울에 왔을 때 미사가 끝난 후에 1~2시간 정도 프랑스어를 배우고, 반대로 블랑에게도 조선어 어휘에 대해 가르치기로 했다. 말하자면 언어 교환 같은 것이었다. 그리고 유진은 누구에게도 이 사실을 알리지 말아야 했다.

유진은 뿌듯한 기분이었다.

외국어는 늘 갈고 닦아야지, 갈고 닦지 않으면 녹스는 칼처럼 곧 잊어버리고야 말 터였다. 특히 프랑스어는 유럽에서 중요한 공용 언어이기 때문에, 유창하게 해 두어야 할 언어였다.

'학이지습지, 불역열호(學而時習之, 不亦說乎)! 배우고 때때로 익히면 기쁘지 아니한가?'

블랑과 대화를 나누며 밖으로 나오는데, 흰 머리쓰개를 쓴 한 무리의 여성 신도들이 지나갔다. 블랑과 그들이 서로 예를 표하는데, 머리쓰개로 가려지긴 했어도 낯익은 얼굴이 눈에 띠었다. 고개를 갸웃하던 유진은, 비로소 생각이 미쳤다.

"아니, 당신은!"

"선비님! 여긴 어떻게……."

놀랍게도 그녀는 계손향이었다. 유진과 계손향은 모두 놀라서 그 자리에 굳어 버렸다.

'천주교도였구나…….'

"아니, 마리아 자매, 이 형제님을 아시오?"

"네, 일면식이 있습니다."

유진과 마리아, 즉 계손향이 심상치 않은 분위기를 형성하자 블랑은 가볍게 웃으면서 두 사람이 따로 이야기할 수 있도록 자리를 마련해 주었다.

신분과 성별에 관계없이 평등하게 대하는 것이 천주교의 법도인지라 흠될 것도 없었다. 유학자들이 천주교를 사학이라고 길길이 격노하는 데는 무군무부(無君無夫)와 더불어, 바로 이 남녀의 유별함을 모른다는 것이었다.

"놀랐습니다. 선비님, 아니, 형제님께서도 천주신앙

인이셨군요."

"아니, 뭐, 그런 셈이지요."

차마 프랑스어 배우러 왔다고 말하기가 어려운 유진은 긍정할 수밖에 없었다.

"계손향…… 이 아니라 자매님께서는 대체 어쩐 일로 천주신앙이 되신 것인지요?"

조선의 천주교가 주로 차별받던 하층계급과 여성들 사이에서 전파된 것은 익히 알려진 사실이었지만, 기생과 천주교의 조합이 너무나 묘했다.

"아, 대답하기 어려우면 안 해도 되고요."

계손향이 침묵을 지키자, 혹시나 실례가 됐나 싶어 유진은 지레 손을 저었다. 계손향은 그 모습에 잔잔히 미소를 띠더니, 작은 입을 열었다.

"저희 가문은…… 대대로 천주신앙인이었다고 합니다. 신유년(辛酉年, 1801년)의 박해가 있기 전부터였다고요. 그런데 지난 병인년에 큰 박해가 있었고, 아버님께선 그때 순교하셨다고 합니다. 그래서 저는 태어난 지 얼마 안 되어 아버님을 잃게 되었지요."

"저런……."

"어머님께선 어린 저를 데리고 산골로 숨어 사셔야 했습니다. 그곳에서도 신앙의 맥은 끊이지 않게 되어,

어머님을 통해 저는 신앙을 얻게 되었습니다. 그리고
작년에……."

말을 이어가던 계손향의 얼굴이 어두워졌다. 감정이
북받친 듯 눈에는 눈물마저 그렁거렸다.

"어린 저를 키우려고 고생하시던 어머님께서도 병고
끝에 돌아가셨습니다. 그야말로 저는 천애고아가 되었
지요. 부모도 없고 신분도 없는 계집아이가 살길은 별
로 없었습니다. 그래서……."

그래서 기생이 되었습니다, 라고 입 밖으로 나오지는
않았지만, 유진은 그 뒷말을 이해했다.

"그랬었군요."

유진은 그녀에 대한 강한 동정심이 들었다. 이 작고
가냘픈 여자아이가, 한창 부모의 사랑을 받으며 커야
할 나이에 부모를 잃고 혼자 고통을 감내하고 있는 것이
었다.

"그런데 어찌하여 이곳을 찾게 되었는지요."

"제가 매인 몸이긴 하옵니다만, 그래도 가끔씩 쉬는
날이 주어진답니다. 신부님께서 이곳에서 예배를 하신
다는 말씀을 듣고, 일부러 예배일에 맞추려고 노력을
하고 있습니다."

"신앙이 굳건하시군요. 그로 인해 부모님을 잃게 되

었는데도…….”

애초에 불가지론자인 유진은 박해 받고 가족을 잃으면서까지 종교를 믿는 심성이 잘 이해가 안 되었기에 나온 말이었지만, 말해 놓고 아차 싶었다.

“신앙이 없다면, 제가 이 세상을 어떻게 살아가겠습니까? 이 조선 땅에는, 가족도 없고 미래가 없는 제가 살아갈 어떠한 희망도 없는 것인걸요. 오직 천주님에 대한 믿음만이, 천국에 대한 갈망만이 저를 이 세상에 붙잡아 두는 것입니다.”

“…….”

유진은 비로소 이제야, 왜 하층계급과 여성들 사이에서 천주교가 굳건한 믿음을 얻게 되었는지 마음으로서 이해가 되었다. 천한 신분으로 살아가기엔 어떠한 희망도 없는 조선 사회에서, 현실의 가혹함 속에서 그들이 살아갈 수 있는 버팀목은 오직 인간의 평등을 약속하는 천주교였던 것뿐이었다.

‘하지만 그 역할은 종교가 아니라 국가가 해야 하는 것이지!’

근대적 세속주의자인 유진은 그 심성이 충분히 이해는 되었지만, 동의까지 되는 것은 아니었다. 이것은 국가가, 지금의 조선이 그들에게 절망을 주기 때문이었다.

신조선책략

국가가 자유와 평등을 약속한다면, 그것이 이루어진다면, 무엇 때문에 현실을 고통으로 여기겠는가?

"자매님, 한 가지 물어보고 싶습니다."

"말씀하시옵소서."

"자매님은, 무언가 마음대로 하고 싶다면, 무엇을 하고 싶습니까?"

계손향은 생전 처음 듣는 말에 고개를 갸웃했다. 무언가를 하고 싶다고 해서 마음대로 할 수 있는 세상이 아니었다. 그럼에도 그녀에게도 가슴속 소망은 있었다.

"공부를…… 해 보고 싶나이다. 신부님께 들은 바로는, 신부님의 나라인 법국에서는 여성도 공부할 수 있다고 들었습니다. 많이 배워서, 저처럼 고아가 된 아이들에게도 가르침을 주고 싶습니다."

그녀의 소박한 꿈에, 그러나 당장은 엄두도 낼 수 없는 꿈에 유진은 속으로 탄식을 했다. 지금 이 나라에선 공부를 하는 것조차도 누군가의 특권인 세상이었다.

"저는 아무것도 아닌 사람입니다만……."

유진은 북받치는 감정에, 자리에서 일어섰다.

"이것 하나만큼은 다짐하겠습니다. 이제 조선에서도, 누구나 자유롭게 생각을 할 수 있고 자유롭고 신앙을 가질 수 있는 날이 올 것입니다. 그리고, 신분에 상관없이, 성별에 상관없이 자유롭게 공부해서 그 재능을 꽃 필 날이 올 것입니다. 반드시, 꼭 그렇게 될 것입니다."

그것은 꼭 그녀에게 말하는 것이 아니라, 모든 조선 사람에게 하고 싶은 말이기도 했다. 이 당시 사람이 들으면 너무나 허황되고 이단적인 말임에도 불구하고.

"그리될 수 있다면, 천국이 이 세상에 있는 것이겠군요."

계손향은 가볍게 미소 지었다. 그 미소에, 이름처럼 꽃향기가 은은히 나는 듯했다.

*　　　*　　　*

귓전을 울리던 매미의 울음소리도 그치고, 어느새 여름이 끝나가고 있었다. 유진이 음력 5월에 조선에 당도했는데 어느새 음력 8월이 되었으니, 족히 100일은 된 터였다.

그 100일은 어떻게 지나가는지도 몰랐다. 처음에는 조선이 어색했지만, 이제는 그럭저럭 적응하고 살아가고 있었다.

'이래서 인간은 적응의 동물이라는 것이군. 망각의 동물이기도 하고.'

지난 100일을 충실히 보낸 셈이었다.

유대치에게서 한학을 배우고, 블랑 신부에게서 프랑스어를 다시 배우고, 오서창에게 독일어를 가르치고, 개화파 인사들과 교류했다. 이렇게 배우고 새로 익힌 재주와 사람들은 앞으로 큰 도움이 될 터였다.

마침내 8월.

일본으로 떠난 수신사가 3개월 만에 귀국했다.

그들은 일본에서 융숭한 대접을 받으며, 개화의 필요성에 대한 확신을 가지게 되었다. 그리고 수신사 김홍집이 들고 온 한 권의 책이 파장을 불러일으켜 올 것이었다.

그것은 조선과 한반도가 동아시아 정세의 핵심으로, 조선이 더 이상 '동방의 고요한 나라'로 잠들어 있을 수만은 없다는 상징이기도 했다.

김홍집이 몰고 온 파장은 그가 임금에게 바친 한 권의 책, 바로 주일 청국 공사 황준헌(黃遵憲)이 쓴 〈사의조선책략(私擬朝鮮策略)〉이었다.

사의조선책략, 이른바 조선책략의 내용을 한 줄로 요약하면, 러시아가 언제 남하하여 조선을 침략할지 모르니, 청국과 친하게 지내고 일본과 손잡으며, 미국과 연합하여 러시아의 남하를 막으라는 것이었다.

그뿐만 아니라 임금은 개화 정책에 대한 깊은 관심을 보이면서 일본의 실상에 대해 세세히 물었으며, 개화의 방책에 대해서도 고민했다. 외국과의 수교도 염두를 둔, 과거의 척화 정책과는 분명 거리를 둔 태도였다. 이는 이해 말에 새로 출범한 통리기무아문(統理機務衙門)에서도 명확히 드러난다.

이러한 사태 변화에 개화파들은 환호했고, 보수파들은 위기의식을 느꼈다.

"전하께서 수신사 영감에게 하교하신 말을 들으면, 참으로 서양과의 수교가 멀지 않은 듯합니다."

"그래, 동인 자네가 수신사 일행이 일본에 왔을 때 곁에서 많이 도왔다며. 듣자하니 영감이 자네를 크게 칭찬했다는군."

수신사를 따라 귀국한 사람 중에는 이동인이란 이가 있었다. 그는 독특하게도 승려 출신으로, 서양 문물에 깊은 관심을 가져 일본까지 밀항을 다녀온 이였다. 애초에 봉원사 승려였던 그가 개화사상을 가지게 된 것부터가 독실한 불교 신자로 봉원사를 드나들던 유대치를 알게 되면서부터였다.

1879년에 이동인이 일본으로 밀항했을 때 그 경비를

조선
책략

지원해 준 것도 유대치였다. 이동인이 귀국하자마자 유대치를 찾은 것도 당연했다.

"암요. 김홍집 영감뿐만 아니라 이조연, 윤웅렬, 강위 선생하고도 친분을 가지게 됐지요."

"그래, 서양인들하고도 교분을 좀 가졌는가?"

"주일 영국 공사관에 어니스트 사토(Ernest Satow)란 이가 있는데, 이 사람과 깊은 교분을 나눴습니다. 저에게 조선어도 배운 바가 있을 정도로 조선에 대해 깊은 관심을 가진 이입니다. 아마 조선어를 최초로 배운 서양인이 아닐까 싶습니다. 이 사람을 통해 영국과 수교를 할 수 있으리라 봅니다."

"과연."

유진은 이미 러시아에 조선어를 배워 할 줄 아는 사람이 몇 명 있다는 걸 알고 있었지만, 구태여 입 밖으로 내진 않았다.

"지금 러시아가 중국을 위협하고, 곧 조선까지 병합하려고 할 터인데, 무능한 조정은 옛날처럼 척화로만 일관하려 하니, 참으로 어리석을 따름입니다. 조선도 어서 일본처럼 개화를 해야 할 터인데."

유진이 보기에는 보수파들과 다르지 않게 개화파들 역시 국제 정세에 대한 순진하기 짝이 없었다. 러시아 못지않게 일본이 위험하다는 것을 인식하지 못한 것이다.

"스님, 스님이 보고 배우신 바는 잘 알겠사오나, 일본을 무작정 믿는 것은 위험합니다. 일본은 러시아 못지않게 영토 확장을 노리는 나라입니다."

"허허, 선생님, 이 젊은이가 저를 공박하는군요. 그래, 그럼 그대 생각엔 러시아 보다 일본이 더 위험하단 말이오?"

"당연합니다. 미국 보다는 러시아가 열 배는 위험하겠지만, 러시아보다는 청국이, 청국보다는 일본이 백배 더 위험합니다. 러시아에게 있어 조선은 큰 가치가 없는 극동의 소국일 뿐이지만, 일본은 조선이 대륙 침략을 위해 꼭 필요한 발판이기 때문입니다."

"그건 그대가 직접 일본에 가지 못해서 그래요. 직접 한번 보고 나면 생각이 달라질 것이오. 일본 사람들이 동양 각국의 부흥을 위해서 얼마나 노력하는지."

"흥아론(興亞論)에 대해서는 저도 들어 봤습니다. 하나 일본이 말하는 소위 '아시아를 흥하게 한다'는 것은 곧 아시아의 독립을 돕겠다는 것이 아니라, 그들이 우두머리가 되어 다른 나라들을 그 지배하에 놓겠다는 뜻입니다. 그들의 호의 어린 가면 뒤에 숨어 있는 침략의

신조선책략

본질을 봐야 합니다."

이동인의 순진하기 짝이 없는 정세 인식에, 유진은
쓴웃음이 나왔다.

유진이 생각하건대 일본이 바라보는 조선은 러시아가
바라보는 폴란드와 다를 바가 없을 터였다. 러시아가
모든 슬라브인의 해방을 돕는다는 범슬라브주의가 허구
인 만큼이나 흥아론도 허구일 터였다.

"그대의 식견은 탁월하나, 그대야말로 러시아에 살았
다 하여 일본에 대해 너무 편견을 가지고 있는 것 아니
오? 지금의 일본은 임진년의 일본이 아니오. 일본은 영
국을 본보기로 삼아, 개화에 매진하고 있소. 우리도 이
처럼 해야만 하오."

유진은 답답함을 느꼈다.

개화파들이 일본의 눈부신 발전상을 보고 일본에 경
도되는 것은 어찌 보면 당연한 것이었으나, 국제정세를
바라보는 순진함에는 한숨이 나올 지경이었다.

"일본에 가서 일본의 의견만 들을 게 아니라 러시아
에도 직접 가 봐야지요. 지금 러시아는 새로 얻은 영토
를 관리하느라 정신이 없어서 조선은 신경도 쓰지 못할
겁니다."

"자자, 토론은 좋으나 이쯤들 해 두시게. 일단 식사

를 하고 나서 회포를 풀도록 하세."

"하하, 좋습니다. 이 땡중이 다른 건 몰라도 조선술이 얼마나 그립던지."

"머리도 기르는 꼴이 이젠 아예 파계(破戒)를 한 모양이구만."

이동인의 농에 유대치도 웃으며 농담을 했다.

"다음에는 일본이 아니라 갈 수 있다면 사토 씨를 통해 영국도 가 볼 생각입니다. 그러려면 머리도 기르고 양복도 입어야지요."

이동인은 유진을 쳐다보면서 말했다.

"내가 영국에 가는 것처럼 그대가 다시 러시아에 가보는 것도 좋겠구려."

이때 농담처럼 이동인이 던진 말이, 불과 얼마 후에 현실이 되리라곤 유진은 상상도 못했다.

*　　　　　*　　　　　*

조선책략이 논쟁을 불러일으킨 후에, 임금은 고민에 빠졌다.

러시아가 정말로 조선을 노리고 침략을 꾸민다면, 지금의 조선으로서는 도저히 막을 방도가 없었다. 그렇다

신조천책략

고 러시아의 침략을 경고하는 청과 일본을 무작정 믿을
수도 없는 문제였다.

이미 2년 전에, 왕은 비밀리에 함경도 경성 출신의
관리 장박(張博)을 블라디보스토크로 파견해 러시아의
동태를 살펴보도록 했다. 러시아의 남하 여부뿐만 아니
라, 두만강을 건너 러시아로 불법 이주 중인 조선인들
의 동태를 살펴보기 위해서였다.

상황을 정확히 알려면, 조선 관리의 눈으로 직접 보
고 온 결과를 통해 판단할 수밖에 없었다. 임금은 다시
금 밀명을 내렸다.

얼마 후, 유대치의 지인인 역관 백춘배(白春培)가 유
대치의 집을 찾았다.

"성상께서 아라사 해삼위(블라디보스토크)로 채탐사
(採探使)를 파견하실 생각이신데, 사역원(司譯院)을 통
해 채탐사를 도울 외국어 능력자를 구하라 명하셨습니
다. 그런데 사역원에도 아라사 말을 할 줄 아는 사람이
어디 있어야지요. 고민입니다."

"으음, 조선 땅에 아라사 말을 할 줄 아는 사람이 아
무도 없던가?"

"함경도에는 있을지 몰라도, 적어도 한성에는 없다고
봐야 할 것 같습니다."

그때 가만히 듣고만 있던 김옥균이 입을 열었다.

"아니, 뭘 고민하십니까. 아라사 말을 할 줄 아는 사람이 지척에 있지 않습니까."

"고균 선생, 그게 대체 누굽니까?"

백춘배가 반색을 하며 물었다.

"김유진 군이 있지 않습니까. 해삼위에서 살다 왔다면서요. 안 그렇습니까, 선생님?"

"아, 그렇기야 한데……."

유대치는 긍정하면서도 떨떠름해했다. 그는 유진을 다시 러시아로 보내고 싶지 않았다.

"제가 한번 이야기해 보지요."

김옥균은 바로 유진을 불렀다.

"아라사요? 그 나라 말이야 할 줄 압니다만."

유진은 갑작스러운 말에 적잖이 놀랐다. 러시아에 이렇게 금방 돌아갈 계획은 없었던 것이었다.

"과연, 이 한성에 아라사 말을 할 수 있는 건 자네 뿐일걸. 이만한 인재가 없지요."

"내 생각도 그렇소. 김 공, 나랏일 한번 해 볼 생각 없으시오? 전하께서도 그대의 공로를 잊지 않을 것이외다."

김옥균에 이어 백춘배까지 간곡히 청하자 유진은 난

감해졌다.

"유진아, 네 생각은 어떠냐?"

'이렇게 당장 돌아갈 생각은 없었는데…… 아니지, 생각해 보면 이게 또 기회일지도 모르겠다. 나중을 위해서라도 손해 볼 것은 없겠지.'

결단을 내린 유진은 고개를 끄덕이며 답했다.

"제 능력이 나라를 위해 쓰일 수 있다면, 마땅히 그렇게 해야지요."

"고맙소, 김 공! 내 그렇게 보고하도록 하겠소."

백춘배가 크게 기뻐하며 유진의 손을 맞잡았다.

한 번 결정이 되자 일은 일사천리로 풀렸다. 임금의 뜻이 그만큼 강했기 때문이었다. 임금은 이동인을 다시 일본으로 파견하여 미국 및 영국과의 조약 체결 여부를 타진하고, 러시아에는 채탐사 장박을 파견하여 러시아의 동태를 살피도록 했다. 유진은 장박의 보좌역으로 가게 될 것이었다.

"반갑소. 나 장박이라 하외다."

장박이 강한 함경도 억양으로 인사를 청했다. 장박은 하위직에 불과했으나, 오랫동안 함경도와 국경 인근에서 근무하면서 러시아 전문가로 통하고 있었다.

"김유진이라 합니다. 잘 부탁드립니다."

"전하께서 준비가 끝나는 대로 곧바로 출발을 명하셨으니, 곧 떠나게 될 것이오."

"네, 알겠습니다."

"그런데 그대는 어디서 러시아 말을 배운 것이오? 내 연해주에 사는 우리 백성 여럿이 러시아어에 능통하고, 함경도 두만강 일대에서는 간간히 러시아 말을 배우는 자가 있긴 하나, 한성에서는 그런 사람이 있단 말이 처음이오."

"예전에 해삼위를 방문한 적이 있는데, 그때 러시아 사람을 통해서 배웠습니다."

연해주 이주가 국법 위반인 이상 관리인 사람 앞에서 사실대로 말하면 곤란할 터였다.

"과연 그렇구려. 내가 해삼위에서 알게 된 청년도 어릴 적에 러시아로 이주했는데, 청국과 일본에도 살면서 세 나라 말에 모두 능통한 이지."

"그렇습니까? 정말 대단하군요."

중국어와 일본어에도 능하다는 말에 유진도 놀랐다.

"그럼 어떤 경로로 가게 됩니까? 두만강을 건너 연해주로 가게 되나요?"

"아니오. 재작년에는 그렇게 했는데, 이젠 그럴 필요

조선책략

가 없을 것 같소. 원산을 개항하면서 해삼위로 연결되는 일본 기선이 생겼으니까, 배를 타고 가는 게 훨씬 수월할 것이오."

"그럼 원산까지는?"

"당연히 육로로 가야지요."

한양에 올 때와 마찬가지로의 경로였다.

"그럼 출발하게 되면, 기별 하겠소."

"네, 준비해 두겠습니다."

*   *   *

음력 9월, 양력 10월.

이제 계절은 완연히 가을이고, 기온은 점점 낮아지고 있었다. 추워지는 마당에 북쪽으로 떠나게 되는 것은 마뜩찮았지만, 그래도 또 다른 새로운 세계를 보게 된다는 것은 유진에게 있어 큰 흥밋거리였다.

"소생, 다녀오겠사옵니다."

"그래, 먼 길인데 부디 무탈하고 건강하길 바란다."

작별인사를 하는 유진에게 유대치가 덕담을 건넸다. 4개월 남짓한 시간이었지만, 그동안 유대치 일가와는 적잖이 정이 든 터였다.

"난 네가 다시 돌아올 것이라 믿는다."

유대치는 유진이 러시아로 가면 다시 조선으로 돌아오지 않을까 봐 걱정이 되었다. 유대치의 생각에 유진은 조선에 꼭 필요한 인재였다.

"시간이 걸리더라도 반드시 돌아오겠습니다. 스승님 댁에 제 아버님의 유품을 맡기고 가겠습니다."

유진은 아버지의 유품인 환도를 유대치에게 건넸다. 그것은 다시 돌아오겠다는 증표이기도 했다. 유대치는 마음이 놓인 듯 웃었다.

"네 마음을 잘 알겠다. 그럼 무사히 다녀오너라."

유대치뿐만 아니라 그동안 인연을 맺은 사람들, 오서창과 유대치의 문하들, 김옥균 등과도 작별 인사를 나눴다. 한동안 야인 생활을 하던 김옥균은 막 복직의 명을 받은 터였다.

"잘 다녀오시게. 아라사가 정말로 조선을 노리고 있는지, 혹은 우리 조선이 아라사와 국교하면 어떤 이익이 있는지 잘 살펴보게나."

"여부가 있겠습니까."

한 가지 아쉬운 점이 있다면 블랑 신부 및 계손향과 인사를 나누지 못했다는 것이었다. 나랏일을 하게 된 이상 트집 잡힐 일은 만들지 말라는 유대치의 명으로 블랑을 만나지 못했고, 자연히 계손향과도 만날 일이 없게 되었다.

'뭐 어차피 몇 달 뒤면 다시 돌아올 테니까. 그때까지 별 일 없겠지.'

한양에서 원산으로 가는 길은 생각보다 멀지는 않았으나, 말을 탈 줄 모르는 유진에게는 험난한 길이었다. 말을 타고 빨리 가면 이틀이면 닿는 거리인데, 유진이 승마를 어려워하니 말을 천천히 몰수밖에 없었다.

"허, 참. 말도 탈 줄 모르오?"

"송구합니다."

장박의 타박에 유진은 송구스러워하면서도, 내심 불만이었다.

'도시에 살던 내가 말 탈 일이 어디 있겠나?'

그러나 인간은 이번에도 적응의 동물이라 할 만했다. 처음에는 말 등 위에 오르는 것 자체가 힘들었고 말에 몸을 싣고 움직이는 것이 부담스러웠지만, 점차 타다 보니 익숙하게 되었다.

'이번 기회에 승마를 배워서 나쁠 건 없겠군.'

한양에서 원산을 향해 가며 본 풍경도 신선했다. 끝없이 이어지는 산맥은 과연 조선이 산의 나라라 불릴 만

했고, 곳곳에 개간되어 있는 논은 농업을 근간으로 삼는 나라라 할만했다.

유진이 생각보다 빠르게 적응을 하자, 장박도 서서히 속도를 높였고, 결국 예정 보다 늦지 않게 원산에 도착할 수 있었다.

원산은 오랜 역사를 자랑하지만, 개항한 지는 얼마 안 된 항구였다.

지금 조선에선 동래부 부산항과 더불어 유이(有二)한 개항지였다. 4월에 개항하여 일본 영사관이 들어서고, 일본인들이 동해안에서 조업을 시작하면서 일본인 거주지가 조성되던 참이었다. 물론 그에 대해서 조선 사람들이 어떻게 생각하는지는 유진도 경험해서 아는 바였다.

블라디보스토크까지 해상 루트로 가게 된 것도 순전히 운이었다.

원산 개항 자체가 막 이뤄진 일인데다가, 러시아에서도 군용 항구였던 블라디보스토크를 민간 선박에 개방한 것이 올해가 처음이었던 것이다.

원산에선 부정기적으로 일본 기선이 블라디보스토크로 떠났고, 유진 일행은 운 좋게도 사흘 뒤에 떠날 배에 자리를 얻게 되었다.

신조선책략

채탐사라는 것이 공식적인 외교 사절이 아니라 비공식적인 첩보 행위였기에, 일단 신분을 감추고 개인 자격으로 탑승하는 것이었다.

북쪽으로 오자 한층 날씨는 추워졌다.

옷을 두껍게 껴입고 기선에 올라 조선 땅을 바라보니 만감이 교차했다. 자신이 조선에 살게 될 것이라는 것도 꿈에도 상상을 못했고, 왕의 밀명을 받아 러시아로 떠나게 되리라는 것도 생각지 못한 일이었다.

하염없이 서쪽으로 멀어져 가는 조선 땅을 바라보던 유진이었다.

3장
연해주(沿海州)

⋯⋯1863년에 벌써 12세대가 우리 지역으로 이민
을 오게 되었다. 그 후로 이민 수가 늘어나 1867년
러시아에는 세 개의 한인 마을이 생겨나게 되었고,
여기에 남녀 모두 1,800명이 살고 있다. 이 이주민들
의 이주는 국경 지역의 조선 북부 주민들의 심리를
크게 자극하였으며, 현재 많은 사람들이 러시아 쪽
으로 이주하려 하고 있다.

— 니콜라이 미하일로비치 프르제발스키(Н.М.П

рже вальский),

〈우수리 지방으로의 여행(Путешествие

*　　　　*　　　　*

"아, 진짜 춥네."

블라디보스토크에 당도한 유진이 처음 느낀 것은 바로 추위였다. 다행히 파도는 높지 않았지만, 그동안 뱃멀미로 고생했던 것 유진이었다. 배 안에선 목적지에 도착하기만을 간절히 바랐는데, 막상 도착하니까 이번엔 추위가 엄습했다. 오랫동안 러시아에 살았지만, 러시아의 추위는 쉽게 적응할 수가 없었다.

"함경도가 고향인 나도 여기 추위는 버티기 힘들더군."

그간 여정을 함께 하면서 친분이 생긴 장박은 유진의 등을 툭 치면서 공감을 표했다. 연해주에 살았던 걸 티를 내지 못하는 유진은 그저 웃을 수밖에 없었다.

'더 무서운 건 아직 본격적인 겨울이 시작되기 전인 10월이라는 거다. 블라디보스토크의 겨울 추위는 나도 아주 잘 알지.'

베이징 조약으로 연해주 일대가 러시아에 할양된 지 꼭 20년, 블라디보스토크는 올해 1880년에 정식도시로 승격이 되었다. 인구는 불과 8천여 명에 불과했지만 러시아 극동 함대의 모항이기도 한 만큼 그 전략적 중요성에 걸맞는 도시로 성장하고 있었다.

장박이 단순한 관료가 아니라 수완 좋은 인물이라는 것은 블라디보스토크에 도착하자마자 바로 알게 되었다. 입국 심사대에서 조선 상인으로 신분을 밝힌 장박은, 마치 자신의 본업이 장사꾼인 것처럼 자신이 가져온 물건들을 내보였다.

"내 재작년에 보면서 알게 된 사실인데, 여기서는 조선이나 일본 물건을 귀하게 팔린다네. 그래서 이번에는 오는 김에 좀 준비했지."

"저도 그래서 준비한 것이 있습니다."

유진은 블라디보스토크에서 수요가 있는 조선 물건들에 대해 알고 있었다. 유진이 가져온 물품은 휴대하기 편한 소가죽과 인삼이었다.

시내에 숙소를 잡은 장박이 제일 먼저 찾은 조선 사람이었다. 스무 살도 안 되어 보이는 약관의 청년이었다.

"오랜만에 뵙습니다, 장 공!"

"김 군! 그간 무탈했는가. 인사하시게, 이쪽은 내 보좌관인 김유진 군일세."

"안녕하십니까."

"이 김학우 군으로 말할 것 같으면 본래 함경도 경흥 출신의 양반가 태생이었으나, 8살 때 흉년을 맞아 숙부를 따라 이 연해주에 오게 됐지. 그 후 중국에서 2년, 일본에서도 2년을 거주하며 러시아말, 중국말, 일본말에 모두 능통한 보기 드문 인재일세. 재작년에 이 해삼위에 왔을 때 김군으로부터 많은 도움을 받았다네. 내 꼭 나중에 조선으로 다시 데리고 싶은 청년일세."

"과찬의 말씀입니다. 그저 어깨 너머로 배운 것뿐이지요."

겸손하게 사양하는 김학우를 보면서 유진은 그의 인생 역정이 자신과 비슷하다고 생각했다. 어쩌면 경흥에서든 블라디보스토크에서든 지나가면서 한번쯤은 볼 수 있었을 터였다.

"그러고 보니 여기 김유진 군도 여러 나라 말에도 능통하다는데 말이지. 러시아어는 물론이고."

"호오, 그러십니까?"

호기심을 표하는 김학우에게 유진은 늘 둘러대는 거짓말을 했다.

"예, 뭐 이곳저곳. 서양 문물에 관심이 많다 보니 그렇게 됐습니다. 덕어도 배우게 됐구요."

조선
책략
신

"덕어라! 저도 언제 꼭 배워 보고 싶군요."

"자자, 이럴 것이 아니라 술이나 한잔하면서 회포를 풀지."

기본적으로 장박과 유진이 맡은 업무는 정탐이었다.

그러나 일단 상인으로 위장한 만큼, 러시아 상인과 미국 상인을 찾아 교섭을 했다. 통역은 김학우와 유진의 몫이었는데, 장박의 장담대로 이문은 컸다.

조선에서 산값에 비해 다섯 배의 이문을 남긴 것이었다.

장박은 조정으로부터 착수금으로 받아 온 금을 러시아 루블화로 환전하고, 일부를 유진에게도 지급했다.

이 돈에다가 자신이 인삼을 팔아 얻은 돈과 합쳐 유진이 제일 먼저 한 것은 다름 아닌 이발과 면도였다.

조선 땅에선 이발을 할 수가 없어서 너무나 갑갑했었다. 면도도 하기 어려워서 수염을 기르고 있었는데, 애초에 수염이 별로 나지 않는 유진은 수염을 길러 봤자 염소수염인 것에 좌절하고 결국 면도를 택한 것이었다.

이발소에서 깔끔하게 이발과 면도를 한 유진은 양부모와 친분이 있는 독일인이 운영하는 의류점에서 양복을 맞추고, 무릎까지 올라오는 긴 가죽장화와 두터운 외투, 그리고 털모자를 구입했다.

러시아인들과 교섭할지도 모르니 양복이 편할 것이라는 생각이 들었고, 무엇보다 조선옷으로서는 도저히 러시아의 추위를 견딜 수 없을 것 같아서였다. 예전에 그랬던 것처럼 러시아식으로 완전 무장하자 이제야 좀 살 것 같았다.

'그리고 뭐가 필요하지…… 아, 그렇군.'

유진은 미국인이 운영하는 총포상에 들러 미국제 6연발 리볼버 권총을 구입했다. 만약을 대비해서 호신용으로 구매한 것이었다.

원산에서 갑자기 공격을 받은 황당한 경험을 했을 때, 유진은 자신을 지킬 능력이 없다는 걸 새삼 깨달았던 것이다.

"허허, 사람. 꼭 서양인처럼 옷을 입었군그래."

두꺼운 외투를 벗은 후에도 양복 차림인 유진을 보고 장박이 한마디 했다.

"여기서는 이렇게 입고 다니는 게 편할 것 같아서요."

"잘 생각하셨습니다. 이 해삼위에 조선 사람이 많긴 하지만 조선옷은 너무 눈에 띄죠."

그렇게 말하는 김학우도 단발에 양복 차림이었다.

조선
신
책략

"그래, 요새 연해주 동향은 어떤가? 조선 사람 수는 더 늘어났나?"

"더 많아졌습니다. 까레이스까야(Корейская)라고, 아예 조선인 집단 거주지가 생겼지요. 이곳 해삼위에만 조선 사람이 1천 명은 산다고 들었습니다."

"여기에만 1천 명이라! 과연 많긴 하군."

인구가 8천이 채 안 되는 블라디보스토크에 1천 명이나 되는 조선 사람이 산다는 것은 분명 놀라운 소식이었다.

"여름 한나절 일하고 가는 사람들을 빼고 거주하는 사람만 그 정도입니다. 그런 사람들까지 다 합치면 물경 2, 3천은 될 겁니다."

"근래 두만강 일대가 흉년이라고 하더니, 우리 백성들이 많이 넘어오는군…… . 전하의 근심이 크시네."

1차적인 정보 정탐으로 활용되는 것은 현지인의 의견과, 다름 아닌 신문이었다. 러시아어로 된 관보(官報)와 함께 블라디보스토크에는 시차가 좀 있지만 영국신문과 상해에서 발행하는 영자 중국신문, 도쿄에서 발행하는 일본신문이 들어오고 있었다.

이러한 신문들은 공식 영사관이 없는 블라디보스토크에선 각국 사람이 운영하는 상점에서 구해 볼 수 있었다.

영어를 그럭저럭 읽을 줄 아는 유진은 동양 정세와 관련된 소식들을 정리해서 보고했는데, 최근 주된 문제는 일리(伊犁) 지역을 놓고 러시아와 청이 충돌하고 있다는 내용이었다.

1864년에 발생한 신강 무슬림 반란을 틈타 1871년 러시아가 국경의 일리 지역을 합병했고, 1877년 신강 반란을 제압한 청은 러시아에게 다시 이 땅을 돌려달라고 하는 중이었다. 1879년 양국이 리바디야에서 조약을 맺었는데, 조약 내용이 압도적으로 청에게 불리해서 조약 체결 당사자인 대신 숭후가 사형 선고를 받을 정도였다. 청은 계속 러시아에게 조약을 다시 맺자고 하고 있었고, 곧 러시아와 청 사이에 전쟁이 일어날지도 모른다는 소문이 파다했는데, 주로 청과 일본을 통하여 러시아가 언제 침략할지 모른다는 공포, 즉, 공로증(恐露症)이 일어나는 이유가 이것이었다.

"그러나 이것이 곧 러시아가 조선을 침략할 이유가 되는 것은 아닙니다. 오히려 러시아가 청이나 일본을 압박하는 것은 조선 입장에선 나쁠 것이 없는 이야기입니다. 그만큼 그들이 조선에 신경을 못 쓰게 된다는 것이니까요."

유진의 분석에 장박은 고개를 끄덕였다.

"지금 이들은 이 연해주의 방비에만 힘쓰는 것으로 보이네. 조선책략에 대한 이야기는 나도 들었고, 우리가 이곳에 온 이유도 그것이지만 너무 과장되었다고 보네."

"설령 러시아가 영토를 원하더라도, 그것은 삼면의 해안을 끼고 있어서 방어하기도 어려운 조선이 아니라 러시아 영토 한가운데에 있는 만주를 원할 것입니다."

"그것도 곤란하지. 중국과 조선은 순망치한의 관계인데, 만주를 차지하면 그 다음은 조선이 아니겠는가."

유진은 러시아의 남하 가능성에 대해 회의적이었다.

"글쎄요. 연해주도 인구가 이것밖에 안 되는데, 무작정 영토만 넓힐 순 없죠. 한 20년은 지나야 할 이야기일 겁니다."

채탐사의 업무 중 한 가지는 연해주 거주 조선인, 이른바 '고려인'들의 실상을 조사하는 것이었다. 유진은 프리모르스카―연해주― 총독부에서 연해주 이주민 문제를 담당하고 있는 지리학자, 표도르 부세(Ф.Ф.Бycce)란 인물을 만나 구체적인 현황을 들을 수 있었다. 장박은 이 자리에서 자신을 정식으로 이주민 현황을 조사하러 온 조선의 관료라고 소개했다.

김학우가 심한 감기에 걸려서 결국 동행하지 못해 통역 업무는 유진이 맡게 되었다. 눈에 띌 생각은 없었지만, 유진이 이토록 유창하게 러시아어를 할 줄 몰랐던 장박은 깜짝 놀랐다.

"현재 조사에 의하면 고려인 거주자는 1만 명이 넘습니다."

"그렇게나 됩니까?"

　통역을 하던 유진도 깜짝 놀랐다. 자신이 살던 시절만 해도 조선 사람이 그렇게 많지는 않았던 탓이었다.

"정식으로 정부의 호구 조사에 등록이 된 인원만 그 정도입니다. 등록이 안 된 사람과 일시적으로 날품팔이 노동자로 오는 사람들을 다 합치면 그 두 배는 될 겁니다."

"생각보다 많군요."

"Это нет перевести(이건 통역하지 마시오). 현재 프리모르스키 지방 전 인구가 주둔 병력까지 합쳐도 9만 명 정도니까, 고려인이 차지하는 비율이 꽤 높지요."

　부세는 유진에게만 들으라고 말했다. 조선의 관리인 장박에게 국내 사정을 모두 말해 주고 싶지 않았던 것이다.

"지금 러시아와 귀국간의 국교가 없는데, 국교가 맺어지면 반드시 이 문제를 논의해야 할 것입니다. 고려인들이 농업 기술이 뛰어나서, 미개척지를 개척하는 데 탁월한 능력을 가지고 있다는 것에 솔직히 놀랍습니다."

"조선 백성들이 러시아로 넘어오면 어떤 처우를 받습니까?"

"이곳에 오면 무상으로 토지를 받고, 또 토지를 개간하면 몇 년간 조세도 면제가 되지요. 그래서 많이 몰려오는 것 같소. 뭐, 우리도 고려인 같은 성실한 이주민이라면 환영합니다. 그런데 러시아 땅에 살게 된 이상 러시아의 법도를 받아들어야 하는데, 고려인들은 아직도 자신이 조선의 백성이라고 생각하는 것 같더군요. 러시아식 교육도 거부하고, 종교도 거부하고. 아무튼 이 문제는 양국 간에 반드시 정식으로 논의가 되어야 합니다."

유진은 자신이 바로 그 이주민 출신이었기 때문에 실상에 대해 잘 알고 있었다.

그 말처럼 이주민들 대부분은 조선의 풍습을 그대로 지키면서 살았다. 유럽인 가정에 입양되어 완전히 유럽인의 삶을 산 유진 같은 경우는 정말 다섯 손가락 안에 꼽힐 것이었다.

부세의 말을 통역하자, 장박은 이주민들이 아직도 스스로를 조선 백성으로 여긴다는 것에 만족한 것처럼 보였다.

"머지않아 수교를 하게 될 것입니다."

부세와 악수를 하고 나선 후, 장박은 나직이 말했다.

"아무래도 직접 두만강 유역에 있다는 마을들을 직접 봐야 할 듯싶네. 러시아 사정에 밝고, 조선 마을 사정에도 능한 길잡이로 삼을 만한 우리 동포가 있으면 좋겠는데."

"김학우 군을 데려가면 되지 않겠습니까?"

"그렇기야 하지, 근데 김 군은 지금 많이 아프지 않은가. 우리가 무한정 기다릴 수는 없는 노릇이지."

"그럼 한번 수소문 해 보겠습니다."

사실 3년 넘게 조선인 마을에서 살았던 유진은 자신이 직접 나서도 될 일이었지만, 출신지를 관리인 장박에게 밝힐 생각이 없었기 때문에 이번에도 묻어가기로 했다.

이주민 출신으로 러시아 사정에 밝은 사람을 찾는 것은 의외로 빨랐다. 표트르 세묘노비치 최란 젊은이인데, 블라디보스토크의 러시아 무역회사 지배인으로 근무할 정도로 러시아어에 능통한 인물이었다.

블라디보스토크의 고려인 사회에선 꽤 유명한 이였지만, 이미 10년 전부터 동포들과 교류를 하지 않던 유진으로선 처음 보는 이였다.

"반갑소. 나는 조선에서 온 관리, 장박이라 하오."

선량해 보이는 약관의 청년이 대답했다.

"처음 뵙겠습니다. 여기선 표트르라고 불립니다만, 조선 이름은 최재형(崔才亨)이라고 합니다."

"여기 김유진 군에게 이야기 들었겠지만, 그대가 길잡이를 해 줬으면 좋겠소."

"좋습니다, 그리하시지요. 비록 러시아에 살고 있지만 고국에서 오신 분들의 청을 거절할 순 없지요. 오랜만에 고향에 가 보고 싶기도 하고. 어차피 회사에선 당분간 일도 없으니, 휴가를 쓰도록 하겠습니다."

최재형은 두만강 유역의 고려인 마을들을 살펴보는데 동행해 달라는 이야기를 흔쾌히 수락했다.

"고맙소. 언제 출발할 수 있겠소?"

"남은 일도 처리하고 이것저것 준비할 게 있으니, 사흘 정도 말미를 주십시오."

"좋소, 그럽시다."

블라디보스토크에서 두만강 유역의 고려인 마을까지

는 그렇게 멀지 않았다.

배를 타고 포시예트 만까지 이동한 후, 육로로 두만
강을 향해 나아갔다. 10년 전 유진이 정처 없이 걸었던
바로 그 길이었다.

"지난 몇 년간은 정말 상상도 할 수 없었던 일이 많
이 일어났지요. 11년 전인 기사년, 큰 기근이 들어 러
시아로 이주하게 되었지요. 그리고 2년 후에 조선 사람
으론 처음으로 러시아 학교에 입학해서 4년 동안 많이
배웠습니다. 학교를 졸업하고 나선 원양 무역선의 선원
으로 고용되어 3년 넘게 배를 탔습니다. 3년 전에는 아
프리카를 지나 유럽, 이 나라의 수도 상트페테르부르크
까지 가 봤지요."

어느새 친분이 생긴 최재형이 자신의 과거사에 대해
말하자, 장박과 유진 모두 놀라움을 금치 못했다.

"아니, 그럼 러시아의 수도 피득보까지 가 보았단 말
이오? 태서를 가 보았다고?"

"네, 틀림없는 사실입니다. 배가 항구에 기항할 때마
다 내려서 그 나라의 풍습과 사람들을 살펴봤지요. 제
인생에 다시 그런 경험을 할 수 있을런지."

유진 또한 깜짝 놀라고야 말았다.

자신의 인생 경험과 큰 차이가 없는 이는 처음 보았

던 것이었다. 특히 상트페테르부르크까지 갔다는 건 놀
랍지 않을 수가 없었다.

"세묜 선장님께서 저를 많이 아끼셨지요. 재작년에
다시 블라디보스토크에 돌아온 후에는, 아예 대부(代父)
가 되어 주셨습니다. 그래서 표트르 세묘노비치란 이름
을 가지게 됐지요. 그리고 지금 다니는 회사에도 추천
을 해 주셨고요."

서양인의 호의를 받아 순조롭게 러시아에 정착했다는
측면에서 더더욱 자신과 다를 바가 없었다. 강한 동질
감을 느낀 유진은 장박이 잠시 자리를 뜬 사이 최재형에
게 자신의 정체를 밝혔다.

"최 형, 실은 나도 상트페테르부르크에 살았습니다."

"아, 정말이십니까? 무슨 일로 가신 겁니까?"

최재형도 유진의 갑작스러운 말에 반가움을 드러냈
다.

"그곳에서 대학을 다녔습니다."

"대학이라니…… 대단하시군요. 그럼 러시아 국적이
신가요?"

"그렇지요. 이 나라에선 유리 알렉산드로비치 김이란
이름을 씁니다. 모종의 사정으로 다시 고국인 조선으로
돌아갔습니다만……."

최재형은 진심으로 놀란 표정을 지었다.

"조선 사람으로 러시아 학교를 졸업한 게 제가 처음이라고 생각했었는데, 유리 알렉산드로비치의 말을 듣고 나니 전 아무것도 아니었군요. 대학이라니⋯⋯."

"조선 사람들끼리 러시아식으로 예의 차릴 건 없고, 그냥 김유진이라고 부르세요. 최 형이야말로 대단한 경험을 한 것이지요. 저야 남의 돈으로 공부한 게 전부지만, 최 형은 직접 노동을 한 것이 아닙니까."

"그럼 저도 솔직히 말씀드리자면, 저희 아버진 함경도 경흥의 노비였습니다. 그 덕에 저도 어렸을 때부터 일하는 것이라면 이골이 났지요. 러시아에 이주한 덕에, 이렇게 교육도 받고 새로운 문물을 배우고 번듯한 일자리까지 얻게 된 것이지요. 조선에 남았더라면 제가 뭘 할 수 있었겠습니까?"

"아, 나도 경흥 사람입니다. 저희 아버진 무관이셨지만 상관의 미움을 받아 죄를 뒤집어쓰고 국경을 넘었지요. 범월죄인인 건 피차 마찬가지인데, 이렇게 보니까 우린 정말 공통점이 많군요."

"그러게 말입니다. 이렇게 알게 돼서 참 기쁘게 생각합니다."

'참으로 재미있는 일이야. 시대의 변화가 없었더라

면, 함경도에선 노예처럼 살았을 사람이 러시아에 와서 이렇게 성공하다니. 타고난 운인 것일까, 재능이 훌륭한 것일까.'

신분과 같은 사회적 억압 구조가 사라진다면, 그 재능을 꽃피울 수 있는 사람이 엄청나게 많을 것이었다. 유진 자신과 최재형은 그 훌륭한 사례였다.

그런 생각에 새삼 확신을 가지게 된 것은 고려인 마을에 당도하면서였다. 두만강에서 멀지 않은 연추(延秋, Ian'chikhe)는 두 개의 마을로 구성되어 있었고, 인구는 230여 호, 1500여 명이었다. 근처에 최초의 고려인 마을 지신허(地新墟)도 있었으니, 이 근방에만 3천 명이 넘는 고려인이 사는 것이었다.

비록 집은 누추하고 사람들의 옷은 헐었지만, 얼굴에는 희망이 가득했고 토지는 윤택했다.

심지어 그들은 마을에 러시아식 학교와 서당을 동시에 운영하며, 한학과 서양학문을 함께 배우고 있었다. 유진이 고려인 마을을 떠난 것은 10년 전의 일이었는데, 그때와는 비교도 할 수 없을 정도로 생활수준이 좋아져 있었다.

조선에서 관리가 왔다고 하자, 주민들은 크게 환영하였다.

"우리는 이곳 삶에 만족하겠소. 농사지은 걸 뺏기지 않고 아새끼들 먹이고 사는 것만으로도 만족하오."

"본의 아니게 남의 나라에 와서 살게 되어 나라님과 조상님들에게 죄인입죠."

"그게 어디 우리 죄요? 다 못된 사또와 아전 놈들이 우리를 쥐어뜯으니 견디지 못하고 넘어온 거지."

"옳아, 기사년(1869) 대흉년에도 나라에선 구휼미를 내렸는데, 그 종간나 같은 아전 놈들이 중간에서 다 해 먹는 바람에 우리는 쌀 구경도 못했던 거 아이오."

"아무렴, 흉년보다 더 무서운 게 관리지. 아무리 억울한 일을 당해도 풀 수 없으니 여기까지 오는 것 아니겠소."

"그때 참 사람들이 많이 죽었소이다. 강 건너다 죽고, 굶어 죽고, 전염병이 돌아 죽고……."

"이곳에 오면 땅 주지, 세금도 높게 안 걷지, 흉년에는 식량도 빌려 주지, 지주놈들이 횡포를 부려도 당국이 막아 주지, 아 조선과 비교하면 여기는 천국이요, 천국."

주민들은 조선의 관리라는데도 거침없이 조선의 학정을 비판했다.

그만큼 러시아의 이주 정책이 세련됐고, 두만강 너머

함경도를 다스리는 수령들의 실정이 심각하다는 것이었다.

유진과 최재형도 너무나 잘 알고 있는 사실이었다. 조정의 명을 받은 관리인 장박은 그들의 거침없는 비판에 얼굴이 어두워졌지만, 함경도의 실상을 알고 있는지라 무겁게 고개를 끄덕일 수밖에 없었다.

"그래도 우리가 여기서 사는 것은 나라에 반역하고자 함이 아니오. 우리는 기회만 되면 돌아가고 싶은 조선의 백성들이외다. 러시아에선 우리더러 상투를 자르고 러시아 의복을 입어라, 러시아 학교에 다녀라, 자기네 종교를 믿어라, 이러지만 우린 상투를 메고 조선 의복을 입으며 공맹의 도를 가르치오."

"살아서 성조(聖朝—조선)의 세상을 다시 보고 싶소."

"공부를 하고 벼슬을 해도 조선에서 하고 싶지, 러시아에서 하고 싶진 않소."

"미우나 고우나 조선은 우리가 태어난 나라 아니오. 만약 조선에 무슨 일이 생긴다면 나라를 위해서 보국할 것이오."

그래도 이들은 자신이 태어난 조선, 무엇 하나 주는 건 없이 뺏기만 하던 조선에 대한 애국심이 남아 있었다.

조선의 관리라면 이들에게 있어 전혀 좋은 기억이 아니련만, 주민들은 유진 일행을 '우리 관리'라고 부르며 환대했다. 어떤 이는 자신이 무장한 총과 말을 보여 주며, 국가에 어려움이 닥치면 말을 몰고 가 나라를 위해 싸우는 것이 소원이라고 말할 정도였다.

유진은 그들의 순수한 애국심에 탄복했다.

이들이 러시아에서 사는 것은 그야말로 생존을 위해 강을 건너 정착한 것이지, 애초에 조선의 정치가 제대로 되었다면 굳이 타향살이를 할 사람들이 아니었다.

함경도, 그중에서도 두만강 주변 육진 주민들은 반오랑캐 취급을 받았고, 조선 조정에게 있어 그들은 아예 없는 것이나 마찬가지인 사람들이었다. 이들을 후대한 것도 러시아지 조선이 아니었다.

그럼에도 불구하고 이들은 자신의 '임금'과 '나라'에 대한 충성심이 부족함이 없었다. 죽는 순간에도 왕조에 대한 충성심을 잃지 않았던 아버지가 떠올라서 유진은 쓴웃음을 지을 수밖에 없었다.

"그럼 이곳에서 가장 고통이 되는 것이 무엇입니까?"

"되놈 마적이오."

"홍호자란 놈들인데, 보통 지독한 게 아니라오. 지금

은 이 근처에 러시아 군영이 생겨 발호가 덜 하지만, 예전에는 이놈들 등쌀에 견디기 힘들었소."

"이곳은 괜찮지만, 근래에 우리 동포가 사는 마을에 쳐들어가 수많은 사람을 죽이고 노예로 끌고 갔다 하오. 러시아군 초소에서 출동해서 몇 차례 토벌하기도 했소이다만, 놈들이 워낙 날래고 흉포해서 근본적인 대책이 되지 못하오. 습격을 한 후에 바로 청국 땅으로 넘어가니 추격도 힘들고."

'그놈들이 아직도 행패란 말인가……'

아버지가 돌아가신 것도 결국 그 마적들 때문이었다. 그런데 10년이 지난 지금도 마적이 근절되지 않고 횡포를 부리고 있다는 사실에 유진은 과거의 기억이 다시 떠올랐다.

이튿날, 유진은 장박에게 적당한 구실을 대서 한나절의 휴가를 얻었다.

여기까지 온 이상 멀지 않은 거리에 있는 가족의 무덤을 찾을 생각이었다. 유일한 혈육인 유진이 고향을 떠난 이래 10년간 무덤 관리가 되지 않았으니, 조선의 예법 상 불효자도 이런 불효자가 없을 터였다.

유진은 기억을 더듬어 자신이 살았던 옛 마을에 당도했다. 지금은 주민들이 다시 다른 곳으로 재정착을 한 모양인지, 마을은 아무도 살지 않는 폐허처럼 변해 있었다.

뒷동산에는 수많은 무덤이 있었다.

전염병으로 수백 명이 떼죽음을 당했기 때문에, 제대로 묘도 못 만들고 죽은 이들도 많았다. 그나마 유진의 아버지는 마을에서 지도자 격이었던 사람이라 제대로 무덤을 갖출 수 있었다.

기억을 되살려 가며 무덤가를 헤매던 유진은 마침내 부모님의 이름이 적혀 있는 묘비를 발견하고 짧게 탄성을 터트렸다.

'아버지, 어머니, 불초 소자가 돌아왔습니다. 사정이 있었다고는 하나 10년 동안이나 찾지 못한 불효를 용서하십시오.'

그동안 관리가 되지 않아 풀이 제멋대로 자란 무덤 앞에서 유진은 예를 갖춰 절을 했다. 조선의 전통예법에 익숙하지 않은 유진은 제대로 된 상례(喪禮)도 알지 못했기 때문에, 그저 자신의 방식대로 추모를 했다.

'아버지, 조선으로 돌아가 나라에 충성을 바치라 하셨지요. 앞으로 어찌 될지는 모르겠습니다만, 지금 저는 조선 사절의 수행원 자격으로 이곳에 돌아왔습니다. 아버지께서 보셨으면 얼마나 기쁘셨겠습니까.'

아직 아버지의 억울한 무고를 밝히지 못했기 때문에 완전한 것은 아니었으나, 적어도 아버지 유언하신 바의 절반은 지킨 것이었다.

'조선이란 나라가, 아버지께서 과연 죽어 가면서도 충성을 바칠 가치가 있는 나라인지, 그리고 제가 앞으로 인생을 걸어야 할 나라인지 아직은 모르겠습니다. 하나 이것 하나만큼은 맹세하겠습니다. 어려운 처지에 있는 제 동포들을 위해 제가 지금껏 보고 배운 바를 활용하겠습니다. 추상적인 나라와 왕조에 목을 매는 것보다는, 그게 더 가치가 있는 일일 것입니다.'

유진 일행은 연추 마을을 떠나 인근 고려인 마을들을 탐방했는데, 거의 대동소이했다. 그들은 대부분 현재의 삶에 만족하고 있었고, 언젠가 기회가 되면 조선으로 돌아가고 싶어 했다.

다만 마적의 습격이 있었다는 곳은 과연 참혹하기 짝이 없었다. 불타 버린 흔적들과, 허겁지겁 만들어진 무덤들이 그날의 참상을 드러내고 있었다.

생존자들은 다시 집을 짓고 밭을 일구었지만, 이들의 울부짖음을 들으면서 유진은 아직 러시아의 치안력이 미치지 못하는 이 지역에서 고려인들을 조직하고 무장할 필요를 느꼈다.

마적들의 침입을 막고, 유사시에 대비할 군사력이 있으면 좋겠다는 생각이 들었다. 그것은 10년 전에 아버지가 노력하던 바이기도 했다.

'그러나 어떻게?'

이들은 예전보다는 훨씬 나은 삶을 산다고는 하지만 부유함과는 거리가 멀었고, 농민인 이들이 자발적으로 무장하고 조직하는 것은 어려운 일이었다. 만약 무장을 한다 해도, 연해주 지방 정부에서도 이를 탐탁지 않게 여길 것이었다.

유진은 블라디보스토크에 돌아가면 고려인들이 스스로 마을을 지킬 수 있는 민병대를 만들 수 있을지, 이를 후원 가능한지 지방 정부와 협상해 볼 생각이었다.

블라디보스토크에서 다시 만난 부세는 유진의 제안에 대해 난색을 표했다.

농민들, 그것도 국적도 불분명한 이주민들을 민병으로 무장시킬 순 없으며, 마적이 출몰하는 지역엔 군대를 투입시켜 마적을 일소하겠다는 원론적인 답변만 들을 수 있었다.

제안을 거절한 것과는 별개로, 몇 차례 만남을 가지면서 부세는 유진에게 호감을 느꼈다.

신조선책략

지리학자이자 고고학자, 민족학자로 특히 극동 지역 전문가로 유명한 부세는 의사소통이 가능한 교양 있는 조선 사람을 처음 만난 셈이었고, 유진을 통해 자신의 호기심을 채우고 싶어 했다. 중국이나 일본과 달리 조선은 아직 그에게 있어 미지의 영역이었던 것이다.

조선의 역사, 지리, 정치, 사회, 민족 등 다방면에 걸친 질문에 유진은 척척 대답을 내놓았다. 그뿐만 아니라 러시아와 유럽 문화와 예술, 역사에 대해서도 정통하고 있으니 부세는 감탄을 금하지 못했다.

유진도 극동 전문가로 알려진 이와 친밀한 관계를 맺어서 손해를 볼 것이 없기에 그와 의기투합을 하고 어울렸다.

자연히 유진이 러시아 국적이라는 것, 김나지움을 졸업하고 페테르부르크 대학을 다녔다는 것도 알게 되었다. 부세도 그 대학 출신이었다. 같은 대학 후배라는 것을 알게 되자 그는 더더욱 유진을 마음에 들어 했다.

"유리 알렉산드로비치, 나는 곧 상트페테르부르크로 돌아갑니다. 곧 다시 블라디보스토크로 돌아오겠지만, 그래도 막상 정이 붙은 여길 떠나려니까 영 아쉽군요."

"저도 맡은 바 임무를 마치게 되어 다시 조선으로 돌아가게 되었습니다."

유진도 고향이나 다름없는 연해주를 다시 떠나게 되어 아쉬운 마음이었다. 그때 와인을 한잔 쭉 넘긴 부세가, 유진을 바라보며 말했다.

"유리 알렉산드로비치, 혹시 페테르부르크에 다시 가 보고 싶은 생각은 없소?"

"페테르부르크요?"

"그렇소. 아시겠지만, 난 러시아 제국 지리학회원이고, 동양학회원이기도 하다오. 내 동양에 대해 연구한 지 꽤 되었소만, 내가 지금껏 본 동양인 중에 그대만큼 명석한 이를 본 적이 없소. 꼭 그대를 상트페테르부르크의 학회에 소개하고 싶은데, 그대의 생각은 어떠시오?"

그 갑작스러운 제안에 유진은 얼떨떨한 기분이었다.

"전 조선 국왕 전하의 명을 받고 온 이라 독단적으로 행동하기가 어렵습니다."

"비공식적인 수행원이라면서요. 어차피 그대는 러시아 국적 아니오?"

"음……. 그렇긴 한데 지금의 저는 조선을 위해 일하고 있습니다."

"정식으로 관직을 받은 것도 아닌데 아무려면 어떻소. 이건 그대를 위한 제안이기도 하오."

유진은 다시 그 도시가 그리워지던 참이었다. 사실 가족도, 친구도, 학업도, 미래도 그 도시에 두고 온 것이었다.

그곳을 영원히 떠나 조선에 정착하기로 마음먹더라도, 채 마무리 짓지 못하고 온 일들이 여럿 있었다. 생각해 보면 그토록 은혜를 베풀었던 양부모와 가족들에게조차도 알리지 않고 온 조선행이 아닌가.

결국 달콤한 유혹을 이겨 내지 못한 유진은 부세의 제안을 수락했다.

"알겠습니다. 그럼 제 상관에게 허락을 받도록 하지요."

"러시아 수도에 간다고? 그게 무슨 말인가?"

장박은 유진의 갑작스러운 말에 당연히 깜짝 놀랐다.

"두 번 다시없을 좋을 기회입니다. 러시아의 심장에 가서, 러시아가 동양 문제에 대해 어떻게 생각하는지 똑똑히 알아 오겠습니다."

"아니, 전하의 허락도 없이 그 먼 곳까지 가겠단 말인가!"

"장 공, 지금 조선의 운명은 사활에 걸려 있습니다. 세계가 하루가 다르게 변해 가고 있는데, 조선만이 잠들어 있습니다. 일본으로 파견된 이도 영국이나 미국과 조약을 체결할 수 있도록 외국으로 갈 수 있는 권한을 부여했다고 합니다. 저 역시 러시아와 교섭이 가능할지 타진해 보겠습니다."

그럴싸한 말을 하는 유진에게, 장박은 계속 같은 말을 할 뿐이었다.

"전하의 명도 없지 않았는가!"

"송구하오나 저는 벼슬을 하고 있는 사람도 아니고, 관에 매인 몸도 아닙니다. 어디까지나 개인적인 자격으로 다녀오겠다는 것입니다."

"그것 참 부럽군요. 상트페테르부르크에 갈 수 있다니……. 참 아름다운 곳이죠. 저도 기회만 되면 한 번 다시 가 보고 싶은데."

최재형이 공감을 표하자, 유진은 다시금 힘을 주어 청했다.

"허락해 주십시오."

"에이, 모르겠네. 난 책임지지 않을 터이니 자네 좋을 대로 하게."

"감사합니다. 이 은혜는 조선에 돌아가면 갚겠습니다."

유진은 머리를 조아리며 감사를 표했다.

신
조선
책략

"최 군, 자네도 나와 함께 가지 않겠나? 페테르부르크에 다시 가 보고 싶다며."

어느새 형님, 아우 할 정도로 가까워진 사이가 된 최재형에게 동행을 권했다. 그 먼 곳으로 홀로 가는 것보다, 인품도 좋고 말도 잘 통하는 최재형이 함께하면 훨씬 든든할 터였다.

"그러고 싶습니다만, 저도 회사에 매인 몸이라……."

"허허, 나를 보시게. 사람은 하고 싶을 때 해야 하는 법이야. 그렇기에 자네도 오늘 날 이런 성취를 이뤄 낸 것 아닌가."

"아닙니다. 제 대부님께서 추천해서 들어간 회사인데, 제가 함부로 그만두면 그분들에게 누가 되지요. 언젠가 다시 가 볼 기회가 있으리라 생각합니다. 부디 잘 다녀오십시오."

"그렇군, 내가 생각이 짧았구만. 다시 이곳으로 돌아올 터이니, 그때까지 몸 건강히 지내길 바라네."

"네, 다시 만나게 되길 기원합니다."

최재형은 유진이 청한 악수를 맞잡으며 후일을 기약했다.

유진이 동행할 것을 알리자 부세는 크게 기뻐하고,

자신이 타고 갈 오데사로 가는 배편을 알아봐 주었다. 그런데 그 시기가 얼마 안 남은 터였다.

그 이유인 즉, 여기 사는 사람들은 다 알다시피, 블라디보스토크는 바다인데도 불구하고 겨울이 되면 얼어붙는다는 사실이었다. 그래서 얼음 속에 갇히는 것을 피하기 위해 상선뿐만 아니라 블라디보스토크를 모항으로 삼는 러시아 극동 함대 소속 전함들까지 나가사키로 피한(避寒)을 간다는 것이었다.

이미 11월 하순, 북방의 겨울이 더 빨리 찾아옴에 따라 바다가 얼어붙을 기색을 보이기 시작했고, 바다가 얼어붙기 전에 떠날 것이었다.

'언제 봐도 바다가 언다는 건 참 이해할 수가 없단 말이야……'

유진은 파도가 사그라지고 결빙되어 가는 바닷물을 보며 자연의 신비를 새삼 느끼고 있었다.

출발하기 전, 유진은 곧 귀국할 장박의 인편을 통해 유대치에게 보내는 서찰을 썼다.

생각보다 여정이 길어질 것이니, 너무 걱정하지 말고 기다려 달라는 것이었다. 유대치의 호의에 보답하지 못하는 것 같아 미안했지만, 더 큰 목표의 달성을 위해서는 어쩔 수 없는 일이었다.

신
조선
책략

유진은 짧은 기간이나마 여정을 함께 했던 장박, 김
학우, 최재형 등에게 작별을 고하고 도시 이름을 따온
영국제 증기선 '블라디보스토크'에 올랐다.

이번에도 운이 좋았던 것이, 그동안 군항으로 쓰였던
블라디보스토크였기에 유럽과 연결되는 민간 여객선이
없었다. 그런데 올해에 이르러 최초로 흑해의 오데사와
블라디보스토크를 연결하는 여객 노선이 취항했고, 이
번이 그 두 번째 항해가 되는 것이었다.

배는 나가사키와 상해, 싱가포르와 인도를 거쳐 수에
즈 운하를 통과하여 보스포러스 해협을 지나 최종 목적
지인 흑해 오데사에 도달할 것이었다. 예정 항해 시간
만 한 달 반이 넘는 긴 여정이었다.

율리우스력 11월 15일.

이 시기 러시아는 그레고리력보다 12일이 늦은 율리
우스력을 썼기에, 실제로는 11월 27일이었다. 증기선
〈블라디보스토크〉는 다른 선박들과 함께 결빙되기 직전
인 블라디보스토크를 떠나 1차 경유지인 나가사키를 향
해 출발했다.

서쪽 수평선 너머 보일 조선 땅을 바라보면서, 유진
은 만감이 교차했다.

지난 반년 동안, 러시아에서 조선으로, 조선에서 살

다가 연해주로, 또 연해주에서 유럽까지 보통의 조선 사람이라면 상상도 못할 여정을 겪게 된 것이다.

'1년 사이에 지구를 두 번이나 반 바퀴 돌 거라고 생각 못했는데.'

부세의 배려로 1등석의 안락한 침실을 배정받아 침대 위에 누우니, 아직도 현실인지, 꿈인지 혼란스러웠다.

신
조선
책략

4장
상트페테르부르크

러시아는 유럽에 있을 뿐만 아니라 아시아에 있기
도 하고, 러시아인은 유럽인일 뿐만 아니라 아시아
인이기도 하기 때문이다.

뿐만 아니라 아시아에서 아마도 우리의 희망은 유
럽에서보다 훨씬 더 클 것이고, 또한 다가오는 우리
의 운명에서, 어쩌면, 아시아가 우리의 주요한 출구
가 될 것이다.

— 표도르 미하일로비치 도스토옙스키(Ф. М. Д
о с т о е е?в с к и й), 〈작가 일기(Д н е в н и
к П и с а т е л я)〉

*　　　　　*　　　　　*

1881년 1월 20일(서력 2.1).

'지구 반 바퀴를 돌아, 드디어 도착했군.'

유진은 모스크바를 출발한 기차가 러시아 제국의 수도, 상트페테르부르크에 도착하자 마침내 안도감을 느꼈다.

무려 7주나 걸린 긴 여정이었다. 12월 2(14)일, 나가사키를 출발한 증기선 블라디보스토크는 상해, 싱가포르, 봄베이, 수에즈, 콘스탄티노플을 거쳐 새해를 선상에서 맞이하고, 1월 15(27)일에야 오데사에 도착했다. 다시 기차를 타고 오데사에서 키예프, 키예프에서 모스크바를 거쳐 출발 50일 만인 오늘에야 도착한 것이었다.

그래도 4년 전에 처음 갈 때와 비교한다면, 그나마 이것도 단축된 것이었다. 그땐 이곳저곳에 기항하느라 시간이 더 걸렸던 것이다. 그땐 생전 처음 보는 풍경에 정신이 팔려 있었지만, 수에즈 운하를 세 번째 통과하는 이번에는 그저 뱃길이 지루하기 짝이 없었다.

'하다못해 시베리아에 철도라도 깔려야 유럽과 아시

조선
책략

아가 가깝게 연결될 수 있을 텐데. 그럼 2주면 갈 수 있겠지?'

생각하면 할수록 러시아는 광대한 나라였다.

영토의 동쪽 끝 블라디보스토크에서 서쪽 끝 상트페테르부르크까지 움직이는데 걸리는 시간이 무려 50일이었다.

그 광대한 나라가 조선과도 국경을 접하게 되었으니, 조선 사람들이 러시아에 대한 공포가 생기는 것도 당연했다.

"아, 조심하시오! 이 계절에 손잡이를 함부로 잡았다간 손까지 얼어붙을 수도 있소."

"아차, 이런."

기차에서 내리려던 유진이 무심코 기차 손잡이를 잡으려 하는 걸 본 부세는 한마디 했다. 그만큼 북방의 겨울은 매서웠다.

"정말 춥군요. 눈도 많이 쌓였고."

끝없이 펼쳐진 벌판을 뒤덮은 눈은 오데사에서 오는 기차 안에서도 질리게 봐 왔던 것이었다.

"그렇긴 하지만, 눈으로 뒤덮인 페테르부르크가 또 매력이지. 아름답지 않소?"

"네, 정말 그렇습니다."

화려하게 장식된 기차역을 나서자, 눈으로 뒤덮인 제정 러시아의 수도 상트페테르부르크가 눈에 들어왔다. 겨우 1년 만에 다시 보는 모습이지만, 새삼 잘 조성된 계획도시의 아름다운 풍경에 감탄할 수밖에 없었다.

'세상의 끝까지 온 기분이로군.'

부세는 페테르부르크의 중심인 아드미랄테이스키(Адмиралтейскии) 구(區)에 있는 자신의 저택에 유진이 머물도록 했다. 그는 시종일관 상당한 호의를 유진에게 베풀었고, 유진도 그 호의가 어떤 목적이든 간에 호의를 거절하지 않고 받아들였다.

며칠을 푹 쉰 후에, 부세는 자신의 귀환을 알리는 모임을 열었다.

"주로 제국 지리학회나, 동양학회와 관계된 사람들이오. 이제 그대는 상트페테르부르크 사교계에 처음 데뷔하는 거요."

부세는 유진으로 하여금 완전히 유럽식으로 단장을 하게 했다.

세련된 연미복과 실크해트, 번쩍이는 가죽구두와 흰 장갑까지 착용하자 그야말로 딴 사람 같았다.

신조선책략

유진은 연미복이 처음이었다. 김나지움을 다닐 때는 교복 차림이었고, 대학을 다닐 때는 늘 제복 차림이었다. 전제국가인 러시아는 대학생도 모두 차르의 은혜를 받는 신하라 하여 제복 착용을 의무로 했다.

"조선옷이라면 더 좋았을 텐데. 대부분 조선 사람은 처음 볼 터이니 말이오."

'그건 내가 사양하고 싶군. 무슨 구경거리 될 일 있나……'

부세가 아쉬워하자, 유진은 본능적인 거부감을 느꼈다. 러시아에선 아직 그런 일이 없었지만, 서양 제국주의의 악질적인 풍습인 인종 전시의 악명에 대해선 유진도 이미 알고 있었던 것이다.

서유럽에선 아프리카나 동남아시아에서 잡아온 '열등한' 인종을 그들의 전통복을 입혀 놓고 동물원 원숭이처럼 구경시키는 일이 자자하다 하였다.

그러나 몇 달을 알고 지내면서, 부세가 그렇게 천박한 취향을 가진 이가 아님은 분명했다. 러시아의 영토 확장을 지지하는 제국주의자이긴 했지만, 그는 진지한 학자였고, 이 시대 유럽인들 사이에 만연해 있는 인종주의, 즉 다른 인종에 편견을 가진 인물이 아니었다.

약속한 시간이 가까워지자, 사람이 하나둘씩 들어오기 시작했다. 부세는 사람들을 맞이하러 가고, 아직 이곳이 어색한 유진은 저택의 홀을 서성거렸다.

"こんにちぱあなたは日本人ですか(안녕하세요. 당신은 일본 사람인가요)?"

어설픈 억양이긴 해도 갑작스러운 일본어에 깜짝 놀란 유진이 뒤돌아보자, 놀랍게도 금발에 푸른 눈을 한 묘령의 여인이 서 있었다. 소녀티가 남은 갸름한 계란형 얼굴에 단정하게 땋은 금발, 크고 푸른 눈을 가진 첫눈에 봐도 아름다운 여성이었다.

"Non, Je suis Coréen(아뇨, 조선 사람입니다)."

유진은 굳이 러시아어로 답하지 않고 프랑스어로 답했다. 지난 7주 동안 여정을 하면서, 유진의 프랑스어 실력은 더욱 좋아져 있었다.

유진은 프랑스어를 꾸준히 공부하며 연습했고, 지루하기 짝이 없는 배 안에서의 여정을 외국어 공부로 버틸 수 있었다. 귀족이든 지식인이든 가릴 것 없이 러시아 상류사회가 얼마나 프랑스어에 집착하는지 잘 알고 있었기 때문에, 더더욱 프랑스어 공부에 매진했던 것이다.

신
조선
책략

"La Corée? Pardon, Monsieur……. pardonnez—moi, S'il vous plait(조선? 실례했습니다, 신사분. 부디 절 용서해 주세요)."

금발의 러시아 소녀가 미안하다는 듯 동양식으로 고개를 숙이며 사과하자, 유진도 황급히 고개를 숙였다. 드레스 차림의 그녀는 어깨와 가슴을 살짝 드러내고 있었는데, 고개를 숙이자 더더욱 가슴이 도드라져 보였다.

유진은 자연스럽게 그쪽으로 눈이 가지 않을 수가 없었다. 시선을 느낀 유진은 헛기침을 하며 말을 꺼냈다.

"괜찮습니다. 그런데 아가씨는 어떻게 일본어를 할 줄 아시나요?

"배웠어요. 그렇게 잘하는 건 아니지만요. 저희 아버지께서 페테르부르크 대학 동양학부 교수이셨거든요. 그래서 중국 글자도 좀 알고 있답니다."

"네? 동양학부 교수셨다고요? 실례지만 아버님 성함이……."

유진은 깜짝 놀랐다. 자신이 다니던 대학의 교수의 딸이라니! 불과 재작년 가을까지 다니던 학교가 생각나, 유진은 저도 모르게 긴장이 되었다.

"제 아버지요? 알렉세이 보리소비치 미하일로프스키예요."

'아, 만주어 강의하던 그 깐깐한 미하일로프스키 교수? 학점 짜게 준다고 학생들의 원성이 자자했지…….'

"그런데 제 아버지를 아시나요?"

"네, 저도 그 학교를 다녔으니까."

"정말인가요? 그럼 저희 아버지께도 배웠었나요?"

러시아 소녀는 깜짝 놀라며 파란 눈을 크게 떴다.

"아뇨, 전 그분 강의는 못 들었지만 이야기는 들었습니다."

"그랬군요. 저도 아버지께 배우고 싶은 것이 많았는데……."

무언가 더 말을 하려던 소녀는 잠시 표정이 어두워졌다가, 고개를 젓고는 화제를 돌렸다.

"저, 조선 사람은 태어나서 처음 봐요. 중국과 일본 사이에 있는 나라가 조선 맞죠?"

러시아 소녀는 두 뼘 이상은 큰 유진을 올려보며 호기심을 드러냈다.

"네, 맞습니다."

"조선 사람들은 유럽식으로 양복을 입나 보죠? 머리도 깎고?"

신
조선
책략

유럽에서도 전통 복식을 고수하는 중국인과 달리 양복 차림인 유진을 보고 신기한 듯했다.

"아뇨, 조선 사람들은 고유의 복식이 따로 있습니다. 남자는 상투라고 해서, 머리를 틀어 올리고 갓이란 걸 쓰죠."

"상투? 중국 사람들이 하는 변발이랑 비슷한가요?"

"완전히 다릅니다. 그리고 변발은 중국의 전통이라기보다는 청 왕조를 세운 만주인의 풍습입니다."

"그런가요? 중국 사람들은 늘 변발을 한 게 아니고요?"

"200년 전만 해도 안 했습니다. 비유하자면, 먼 옛날 몽골이 러시아를 지배했을 때 만약 몽골인이 변발을 러시아 사람들에게 강요했다면 지금의 중국처럼 됐겠죠."

"후후, 그거 재미있네요! 정말 상상만 해도 끔찍하지만."

소녀는 빙긋 웃으면서 자신의 땋은 머리를 잡고 변발인 것처럼 흉내 냈다.

"그럼 여자는 어떤 머리를 하죠?"

"기혼 여성은 쪽진 머리, 미혼 여성은 댕기머리라는 것을 합니다. 지금 아가씨의 머리 모양이 댕기머리랑 비슷하네요."

"정말요? 이 머리 모양이랑 비슷하군요."

소녀는 재미있다는 듯 계속 머리카락을 잡으면서 장난을 쳤다. 그 천진한 모습에, 유진은 절로 웃음이 나왔다.

"카챠! 정말 오랜만이로구나!"

손님접대를 위해 분주하던 부세가 낯익은 얼굴의 소녀를 보고 반가워했다.

"대부님! 오랜만에 뵈어요. 그간 건강하셨죠?"

소녀도 부세를 반가워하면서, 흰색 장갑을 벗고 오른쪽 손을 내밀었다. 부세는 손등에 가볍게 입을 맞추고, 감개무량하다는 듯이 말했다.

"정말이지 많이 컸구나. 이제 시집가도 되겠어."

"별말씀을요. 그만큼 대부님께서 동방에 오래 계셨다는 것이겠죠. 그곳 생활이 좋으셨나 봐요?"

"물론이지. 아예 그쪽에 정착할까 생각 중이다. 아, 이쪽은 마드모아젤 미하일로프스카야, 내 오랜 벗의 딸이라오. 내 대녀(代女)이기도 하지. 카챠, 이분은 조선에서 온 무슈 유란다."

"예카테리나 알렉세예브나 미하일로프스카야라고 합니다. 카챠라고 불러도 되요."

신조선책략

예카테리나는 얌전하게 양손으로 드레스를 붙잡으며 서양식으로 인사를 했다. 러시아 이름이 새삼 길다는 걸 느끼면서 유진 또한 쓰던 모자를 벗고 역시 서양식으로 답례를 했다.

"예, 김유진이라고 합니다."

러시아에서 부르는 유리 알렉산드로비치 김이란 이름이 있긴 했지만 유진은 그 이름을 썩 좋아하진 않았다. 그래서 개인적으로 자기를 소개할 땐 언제나 김유진이라고만 말하곤 했다.

"김유진? 그게 이름인가요?"

"네. 성이 김, 이름이 유진이에요. 러시아 이름과 비교하면 많이 짧죠?"

"정말 그렇네요. 유진, 유진(Eugene—영국식)이라. 그럼 외젠(Eugene—프랑스식)하고 같은 이름인데, 무슈 김이라고 부르는 것보단 외젠이라고 불러도 될까요?"

예카테리나의 갑작스러운 청에 유진은 옛날 생각이 났다.

유진과 게오르기우스란 세례명을 받긴 했지만, 그는 부모가 물려준 자신의 이름을 쓰길 고집했다. 그러자 여동생 엘리자베트가 타협책을 내놨다. 유진과 스펠링

이 같은 독일식 이름 오이겐(Eugen)으로 부르면 어떻냐는 것이었다.

유진도 그건 나쁘지 않았고, 집에서 그를 부르는 애칭은 오이겐이 된 것이었다.

"음……. 뭐, 그렇게 부르십시오."

"좋아요! 그럼 외젠, 실례가 되지 않는다면 조선에 대해서 더 물어봐도 될까요? 조선에 대한 이야기는 거의 들어 보지 못했어요."

파란 눈을 빛내며 호기심을 드러내는 예카테리나를 보면서 부세가 쓴웃음을 짓더니 귓속말을 했다.

"이해하시게, 이 아이가 워낙 붙임성이 좋은데다 궁금한 건 참지 못하는 성격이거든."

"그런 것 같군요……."

유진은 고개를 끄덕였다. 배 안에서부터 자신을 볼 때마다 이것저것 묻는 러시아인들을 볼 때마다 귀찮단 생각이 들었지만, 유진도 남자인 이상 귀여운 아가씨의 부탁을 거절할 생각은 들지 않았다. 부세는 씩 웃더니, 다른 손님을 맞으러 내려갔다.

"무엇이든지 물어보세요."

"조선 남자들은 전부 당신처럼 키가 크고 잘생겼나요?"

"네?"

조선에 대한 질문을 할 거라고 생각한 유진은 허를 찔리고야 말았다.

"당신은 제가 본 동양인 중 제일 키도 크고 잘생겼는 걸요. 조선 사람은 처음 보는데."

유진은 허허 하고 웃을 수밖에 없었다. 그야 178㎝인 유진은 이 시대 동양인보다는 훨씬 크고 웬만한 서양인들보다도 컸다.

근데 잘생겼다는 말은 의외였다. 말끔한 외모라고 자부하긴 했지만 미남이라고 자처할 정도는 아니라고 생각했는데, 어째 이 아가씨 눈에는 그렇게 보이는 모양이었다.

객관적인 기준에서 봐도 유진의 외모는 잘생긴 편이었다. 서양인만큼은 아니어도 뚜렷한 이목구비에 큰 키, 깨끗한 피부에 윤기 있는 검은색 머리칼, 이지적이고 선량해 보이는 눈매는 처음 보는 사람들에게도 호감 가는 인상을 주었다.

"러시아 여성들은 모두 아가씨처럼 아름다운가요? 그럼 답변이 될 것 같습니다."

자신을 지나치게 높이지도, 또 조선 사람에 대한 환상도 깨지 않으려고 한 말인데 말해 놓고 보니 엄청 느끼한 것 같았다.

"어머, 말씀도 잘하시네. 꼭 'Cavaleur' 같은데
요."

세상에 예쁘다는 말 싫어할 여인이 없듯, 예카테리나
도 웃으면서 좋아했다.

"Cavaleur? 그게 뭐죠?"

모르는 단어라 유진은 고개를 갸우뚱 했다.

"후후후! 프랑스어 잘하셔서 놀랐는데, 이 단어는 아
직 모르시네요?"

예카테리나는 재미있다는 듯이 박수를 쳤다.

"네, 처음 듣습니다."

"음~ 어떻게 설명해야 할까⋯⋯. 맞아, 돈 후안
(Don Juan) 아시죠? 왜, 오페라도 있잖아요. 같은
뜻이에요."

킥킥 웃으면서 의미를 설명하자, 그제야 의미를 깨달
은 유진은 속으로 혀를 찼다.

'그럼 바람둥이라는 거잖아⋯⋯.'

흔히 사용하지 않는 말이니 모르는 것도 당연했다.

"마드모아젤, 그리고 무슈. 손님들이 들어오시니 접
견실로 가시지요."

점잖은 외모의 집사가 이동을 권하자, 예카테리나는

고개를 끄덕이더니 한쪽 팔을 유진 쪽으로 내밀었다.

"뭐해요?"

'뭐 어쩌라고?'

유진이 멀뚱하니 서 있자, 예카테리나는 답답하다는 듯이 물었다.

"신사가 숙녀를 에스코트 해야죠."

유진은 그때서야 의미를 이해하고, 그녀가 내민 손을 맞잡았다. 작고 부드러운 손이었다.

'아마 내가 진짜 조선 사람이었으면 난리가 났을 거다. 외간남녀가 어찌 손을 잡냐고 개탄을 했겠지. 아니 애초에 말도 안 섞었으려나?'

물론 유럽에서 교육을 받은 유진이야 성리학 사회인 조선보다 유럽이 오히려 더 편하기도 하겠지만, 그래도 러시아 귀족사회의 예법은 거의 모르는 것이나 마찬가지였다. 김나지움과 대학을 다니면서 귀족 자제들은 여럿 봤지만, 귀족 여성과 접촉한 적은 거의 없었던 탓이었다.

'앞으로 이래저래 고생하겠군.'

연회장에는 부세의 장담대로 동양학계의 거물들이 여럿 와 있었다.

한 사람 한 사람 호명하며 직함과 이름을 소개하는데 미사여구가 많아서 지루할 정도였다.

그들은 대부분 처음 보는 조선 사람인 유진을 신기해하면서, 이것저것을 묻곤 했다. 그날 연회장의 주역은 단연 유진이었다. 유진은 거듭되는 질문을 프랑스어로 답하느라 정신이 없을 지경이었다.

"조선에 독자적인 문자가 있었다니, 대단하군요. 난 한자만 쓰는 줄 알았소."

"한글은 매우 과학적인 문자입니다. 어떠한 사람도 쉽게 배워서, 폭넓게 사용할 수 있지요. 여러분이 배우신다면, 빠르면 하루라도 익힐 수 있을 것입니다."

"조선어는 어떤 언어랑 가장 가깝나요?"

"유럽의 언어처럼 비슷한 언어가 존재하지 않습니다. 그나마 문법이 비슷한 건 만주어와 일본어인데, 따로 배우지 않는 이상 서로 간에 의사소통은 할 수 없습니다."

"조선이 그토록 역사가 오래된 나라라는 걸 미처 몰랐습니다. 중국만큼 역사가 긴 나라로군요."

"네, 조선 사람들은 4천 년이 넘는 오랜 역사에 자부심을 가지고 있습니다."

"조선 사람들은 주로 어떤 교육을 받습니까?"

신
조 천
책 략

"전통적인 한학을 공부합니다. 하나, 앞으로 근대적인 서양 학문을 공부해야 한다고 생각하고 있습니다. 조선 사람들은 교육열이 놀라워서 아무리 가난해도 공부는 시킵니다. 유럽식으로 국민교육을 시행한다면, 세상의 그 어떤 민족보다 더 열렬히 지식을 섭취할 겁니다."

유진은 이것 하나만큼은 확신했다. 무엇보다 자신이 그것을 증명하지 않는가?

"무슈 김을 보니까 과연 조선 사람이 교양이 뛰어나다는 것을 알겠소."

"맞소, 무슈 김은 프랑스어 실력이 훌륭하군요. 잘 알겠지만 러시아 상류 사회에선 프랑스어 실력이 아주 중요하답니다."

러시아 귀족과 지식계층의 프랑스 사랑은 지극해서, 귀족들끼리는 러시아어 보다는 프랑스어를 일상적으로 쓸 정도였다.

오죽하면 대문호 톨스토이가 '러시아 귀족들은 모국어를 부끄럽게 여긴다. 러시아어는 오직 하인과 농민들에게만 쓰고, 프랑스어 쓰는 것을 자랑스럽게 여긴다.'고 개탄했겠는가? 이미 러시아어와 독일어가 유창한 유진이 프랑스어 공부에 더더욱 매진한 것도 프랑스어 실력을 교양인의 척도로 보는 러시아의 풍토 때문이었다.

"좀 어색한 발음이 흠이긴 하지만, 이 정도만 되도 훌륭하오."

'나도 알아. 프랑스어 발음 구조는 우리말에 없는 게 너무 많거든⋯⋯. 'R' 발음 할 때마다 고역이다.'

"조선 사람들은 어떤 종교를 믿습니까? 무슈 김은 아까 식사 전에 성호를 긋는 방향을 보니까 로마 가톨릭 신자던데, 일반적인 조선 사람들도 그렇나요?"

가톨릭과 정교회는 모두 일상적으로 성호(聖號)를 긋지만, 정교회는 전통대로 오른쪽에서 왼쪽으로 긋지만 가톨릭은 왼쪽에서 오른쪽으로 그어서 그 차이가 한눈에 드러났다.

"그건 아닙니다. 조선 사람은 대부분 전통적인 유학의 법도를 따릅니다. 하나 드물게 가톨릭을 믿는 사람도 있습니다."

"제국 영토로 이주한 이들 중에서는 우리 정교회로 개종한 이들도 있지요. 대부분 성실하고 선량한 농부들이라 제국의 변방을 안정적으로 다지는 데 큰 도움이 될 것입니다."

부세가 고려인을 치켜세우면서, 조선과의 수교 가능

신
조천
책략

성에 대해 이야기했다.

"우리 러시아가 동양의 모든 나라와 수교를 했는데, 유독 조선과 국교가 없는 것이 아쉽습니다. 국경을 접한 지가 벌써 20년이 지났는데도 말이지요. 조선은 우리에게 있어 동양에 남은 마지막 미지의 세계입니다. 여기 무슈 김이, 러시아와 조선을 잇는 가교가 되어 주었으면 하는 바람입니다. 자, 그럼 건배합시다!"

함께 건배를 외치는 이들을 보면서, 유진은 첫 만남은 긍정적이라는 생각이 들었다. 하나 점차 취기가 오르고, 개인적인 대화를 나누게 되자 대화의 질이 점차 떨어져 가기 시작했다.

"조선 여인들은 아름다운가요?"

"동양에서 가장 미인이라고 생각합니다."

미(美)라는 것은 사람마다 상대적인 것이라 답하기 어려운 것이지만, 그 정도 덕담은 해 주는 게 좋았다.

"거 뭐지? 아, 일본에서는 '게이샤'라고 있지 않소. 조선에도 게이샤가 있소?"

"비슷한 일을 하는 기생이라고 있지요."

"하하, 조선에 가 보면 꼭 그 기생이란 이들을 보고 싶구려. 동양의 미인들이 궁금하군!"

'하여튼 남자놈들이란⋯⋯.'

별 자질구레한 질문이 나올 정도로 슬슬 질문거리도 떨어지고, 대답하기도 지겨워진 유진은 잠시 머리가 아프다는 핑계로 발코니에 나왔다. 날씨는 정신이 반짝 들만큼 차가웠지만, 계속 외국어로 빤한 이야기를 떠드는 것보단 나았다.

"외젠! 왜 혼자 그러고 있어요? 오늘 파티의 주역인데."

이 자리에서 유진을 그렇게 부르는 이는 한 명밖에 없었다.

"좀 피곤해서요. 아, 춥지 않은가요?"

드레스 차림인 예카테리나는 어깨를 드러내고 있었다.

"괜찮아요, 러시아 사람에게 이 정도 추위는. 조선은 겨울에 따뜻한가요? 여기보단 훨씬 남쪽인데."

"조선도 겨울은 꽤 춥습니다. 물론 러시아의 추위와는 비교할 수 없겠지만."

그의 기억 속에서 함경도의 추위는 연해주의 추위 못지않게 만만찮았다.

"가 보고 싶네요, 언젠가. 중국, 일본, 조선 모두. 시암(태국)과 안남(베트남)까지도."

예카테리나는 살짝 웃더니 먼 동쪽을 바라보았다.

"동양에 대해 관심이 많은 것 같던데, 특별한 이유가 있나요? 아, 아버님이 동양어대학 교수라고 하셨죠."

"맞아요, 그래서 어렸을 때부터 동양이라면 익숙했죠. 저희 집에 와 보시면, 아마 동양의 특산품들이 엄청 많이 있다는 걸 바로 알아볼 수 있을 거예요. 엄청난 동양 애호가셨죠."

"그럼 아버님께서는 지금도 교수로 재직 중이신가요?"

당연히 그럴 거라고 생각하며 던진 질문이었지만, 예카테리나는 씁쓸한 미소를 짓더니 고개를 저었다.

"아뇨, 재작년 12월에 돌아가셨어요."

"아, 실례했습니다."

유진은 미하일로프스키 교수의 때 이른 죽음에 놀랐다. 재작년 12월이라면, 그가 학교를 휴학하고 나서 얼마 후일 터였다. 나이도 많지 않았고, 죽을 사람으로도 보이지 않았다.

"아니에요. 아무튼 동양에 대한 것들은 아버지의 유품과 같아서, 아버지를 잃은 슬픔으로 더 집착하게 된 것 같아요. 어머니께선 여자가 동양학을 배우는 게 무슨 의미가 있냐고 하시지만."

러시아는 1860년대에 스위스에 이어 유럽에서 두 번

째로 여성의 대학 입학을 허용했지만, 그건 어디까지나 의학 과정에 한해서였다. 여성의 진료에 여의사가 필요하다는 실용적인 이유에서였다.

"새로운 것을 알게 된다는 것도 흥미로운 일이고요. 그래서 아까 당신이 조선 사람이라는 걸 알고 놀라서 이것저것 많이 물었죠. 초면에 무례했던 것 같아 죄송해요. 사과드리고 싶었어요."

예카테리나가 두 손을 모으며 사과를 하자, 오히려 유진은 난감해졌다. 얌전한 외모와 달리 당차고 호기심 많은 모습이 인상적이었던 아가씨가 이러니 어색했다.

"아닙니다, 마드모아젤 미하일로프스카야. 저도 모처럼 즐거웠는걸요. 그러니 절대 개의치 마세요."

"고마워요. 그런데 그런 호칭 간지러워요. 마드모아젤이라니."

"그럼, 예카테리나 알렉세예브나?"

러시아식 경칭을 부르자, 예카테리나는 그것도 손사래를 쳤다.

"저는 당신을 외젠이라고 부르는데, 당신은 저를 그렇게 경칭으로 부르면 이상하잖아요. 카챠라고 부르세요. 전 카챠가 좋아요. 예카테리나라고 하면 너무 무게 잡는 것 같거든요."

조선
책략

프랑스어는 2인칭에 호칭이 있어 친밀도에 따라 다른데, 'Tu(너)'가 아니라 'Vous(당신)'라고 부르는 사이에 애칭으로 부르는 것도 뭔가 이상했다.

"당신과 저는 오늘 처음 만났는데, 그래도 될까요?"

"무슨 상관이에요. 제가 그러길 바라는데."

'거 참 개방적인 아가씨일세. 내가 생각한 귀족 아가씨 이미지는 뭔가 오만하고 콧대 높고 싸가지 없을 것 같았는데.'

유진은 자신의 편견에 대해 반성했다.

"그래요, 카챠. 앞으로 잘 부탁합니다."

"저야 말로요, 외젠. 왠지 당신하고는 좋은 친구가 될 수 있을 것 같아요."

순수하게 호의를 표시하는 예카테리나를 보면서, 좋은 교육을 받고 자란 교양 있는 아가씨의 매력을 느꼈다.

*　　　　　*　　　　　*

1881년, 러시아 제국은 차르 알렉산드르 2세(Александр II)의 재위기간이었다. 유럽의 마지막 농노제 국가였던 낙후한 전제국가 러시아를 개혁적 방향으로 이끌려고 한, 이른바 '해방자' 차르였다. 1881년은 농노 해방을 시행한 지 꼭 20년이 되는 해였고, 러시아는 형식적으로나마 자유주의적 근대화의 길을 걷는 것처럼 보였다.

18세기 초의 계몽군주, 이 도시의 건설자이기도 한 표트르 대제 이래 러시아는 끊임없이 서구화를 열망했고, 이 페테르부르크는 '유럽으로 향하는 창'이라고 불릴 만큼 서유럽적인 도시였다. 서유럽보다 더 서유럽적인 모습을 자랑하는 것이 바로 페테르부르크였다.

그러나 그것은 표면적인 것이었다.

다른 유럽 열강들과 달리, 하느님의 대리인 차르는 제한받지 않는 무제한의 권력을 가졌고, 귀족들은 엄청난 부와 사회적 특권을 갖고 있었다. 인구의 대다수를 차지하는 농민들은 농노해방 이전까지는 귀족들의 노예에 불과했고, 농노해방 이후에는 49년에 달하는 토지 상환비용 때문에 경제적인 고통에 시달리고 있었다. 고단한 삶을 견디지 못한 농민들은 도시에 진출하여 임노동자가 되었고, 러시아의 산업 발전에 맞춰 노동 계급을 형성하였다.

가장 강력하지만 사회적으로는 취약하고, 귀족들이 화려한 삶을 영위하는 만큼 비참한 삶을 사는 러시아 농

신조선책략

민들을 대변하여, 러시아에는 그 어느 나라보다 급진적인 지식인 계층, 즉 인텔리겐치아가 등장했다.

그들은 서유럽의 혁명적 전통을 뛰어넘어 더 급진적인 사회를 구축하고자 했고, 일부는 후진적인 러시아의 상황에 절망하여 더 나아가 테러리즘으로 전환했다. 이 혁명적 테러리스트들에게, 전제권력의 우두머리인 차르는 반드시 처단해야 할 악당이었다.

이 '해방자' 차르는 동시에 정복자 차르이기도 했다. 알렉산드르 2세의 재위기간 동안, 러시아는 오스만 제국을 무찌르고 지중해로 나가는 길을 얻고자 했고, 그것이 영국의 개입으로 결국 실패하자 중앙아시아 최후의 유목 국가들을 정복하고 극동으로 진출하여 청으로부터 태평양으로 향하는 영토를 얻었다.

남쪽으로, 동쪽으로 진출하고자 하는 러시아의 열망은 유라시아 대륙 전체에 걸쳐서 러시아를 봉쇄하려고 하는 영국과 충돌하며 이른바 '그레이트 게임(Great Game)'을 벌이고 있었다. 1880년대는 두 열강이 가장 첨예하게 대립하던 시기였다.

유진은 보통 낮에는 상트페테르부르크의 중심, 네프스키 대로에 있는 카페에 들려 시간을 보냈다. 이 시대

의 카페는 단순히 커피 마시는 곳이 아니라 지식인들의
사교장으로, 토론하고, 작업하며 가장 빠르게 정보와
지식이 오고 가는 곳이기도 했다.

그중 카페 '문학(литературное)'은 이름처
럼 문학가들의 사랑을 받는 곳이었다.

과거 러시아의 국민 시인 알렉산드르 푸시킨이 죽기
전 마지막으로 들렸다는 곳으로 유명한 이곳은 수많은
문학가와 지식인들이 방문하는 곳이었다.

유진이 이 카페를 선호하는 것은 러시아 정부의 검열
을 전혀 받지 않는 외국신문들을 볼 수 있어서였다. 언
론의 자유가 거의 없다시피 한 전제국가 러시아는 정보
의 통제가 심했고, 자연히 러시아 신문에 실리는 정보
의 양은 제한적이었다. 유진은 그래서 외국 신문을 더
선호했다.

"이런 죽일 놈들."

독일 신문을 읽던 유진은 저도 모르게 조선말로 욕이
튀어나왔다. 처음 듣는 말에 주위에 있던 신사들이 유
진을 쳐다보았지만, 이윽고 신경 쓰지 않고 자기 할 일
을 이어나갔다. 유진은 자신이 이방인이라는 것에 안도
했다.

그 기사는 영국 신문 〈데일리 뉴스(Daily News)〉

를 인용한 것이었다. 기사는 지난 1월에 있던 러시아군의 투르크멘 학살에 대해 강력히 비난하고 있었다.

본지 중앙아시아 특파원 에드먼드 오도노번 씨의 보도에 의하면…… 지난 1월 17일, 투르케스탄 주둔 러시아 육군은 투르크멘 인의 요새 게옥―테페를 공격했다. 요새 안에는 1만 명의 군사와 4만 명의 민간인이 있었으나…… 스코벨레프 중장이 이끄는 7천 명의 러시아군은 불과 1주일 만인 1월 24일에 요새를 함락시키고 유린했다. 잔인한 카자크들은 기병도로 수천 명의 민간인을 베어 죽였으며, 사흘 동안 군율을 완전히 내팽개치고 강간과 약탈을 자행했다. ……스코벨레프 장군은, 파렴치하게도 "적을 많이 학살할수록 평화는 오래 지속된다는 것이 나의 원칙이다."라는 말로 학살을 정당화했다. 투르크멘 인들로부터 '하얀 악마', '붉은 눈'으로 불리는 이 장군이 과거 그곳을 지배했던 칭기즈칸과 무엇이 다른가? ……이로써 러시아의 다음 목표가 페르시아와 아프가니스탄이라는 것은 분명해졌다. 여왕 폐하의 정부(영국 정부)가 러시아의 행보를 저지하지 않는다면, 이들의 운명도 투르크멘과 다를 바가 없을 것이다.

'용케 검열을 통과했군. 아무리 외국 신문이라지만 이렇게 반 러시아적인 기사를 공공연히 볼 수 있다니. 검열관이 졸았나?'

신문은 러시아군의 잔혹 행위에 대해 격렬히 비난하고 있었다. 이 기사가 사실이라면 변명의 여지가 없을 정도로 계획적이기도 잔인한 학살을 저지른 것이었다.

'이래서 제국주의자들은 안 돼. 사람 목숨을 파리처럼 여기니. 대체 민간인들은 무슨 죄란 말인가?'

유진은 깊은 혐오감을 느꼈다.

러시아 혹은 러시아인의 문제가 아니라, 이는 제국주의 국가의 본질이었다. '야만적인' 토착민들을 제압하여, 유럽의 '문명'을 전파한다고 포장하지만 도대체 누가 더 야만적으로 침략하는가.

한 가지 재미있는 것은, 프랑스 언론은 영국 언론의 이중성을 비판하고 있다는 것이었다.

최근 런던이 페테르부르크를 향해 강력히 항의했다고 한다. 러시아군의 행위는 실로 잔학하지만, 영국이 러시아를 비판할 자격이 있는가? 불과 반년 전에 영국군은 친 러시아적인 아프가니스탄의 왕을 몰아내기 위

신
조선
책략

해 카불로 진격하여 수천의 아프간 병사들을 살해하고, 영국의 괴뢰정권을 세우지 않았는가? 그때 영국 언론들은 위대한 승리라고 자축하지 않았던가? 아프리카에서는 어떤가? 지난달에는 보어인(네덜란드계 남아프리카인)들의 영토를 부당하게 합병하고자 전쟁을 일으키지 않았던가? 영국이 보어인을 대하는 것이, 러시아가 투르크인들을 대하는 것보다 관대하다고 할 수 있는가?

일리가 있는 지적이었다. 영국도 결코 이 야만의 늪에서 자유롭지 못했다. 또한 그것은 프랑스도 마찬가지였다.

영국이 러시아의 남하에 대해 경계하는 것은 러시아의 지배를 받게 된 투르크인들의 운명 때문이 아니라, 러시아의 칼끝이 그들이 가장 소중하게 여기는 식민지 인도를 겨냥할까 봐여서였다. 영국은 아프가니스탄과 페르시아를 러시아의 남하를 막는 완충지대로 삼기 위해 끊임없이 간섭했고, 러시아는 남쪽으로 영토를 조금이라도 더 늘리고자 했다. 결국 남의 영토와 백성을 장물삼아 벌이는 침략자들의 추악한 다툼이었다.

그레이트 게임(Great Game), 이제 그 갈등은 조선이 있는 동아시아까지 번질 터였다.

조선이 속해 있는 동아시아는 이 '위대한 게임'의 마지막 충돌지였다.

1881년 현재 시점에서 태평양으로 진출하고자 하는 러시아, 그런 러시아를 봉쇄하려는 영국, 중화제국을 유지하고자 하는 청, 대륙 진출을 꾀하는 일본은 각각의 야심을 가지고 드러나지 않게 대치 중이었다. 오직 조선만이, 안전한 무풍지대에 있는 것처럼 이 모든 바깥세상과 단절된 채 안분지족하고 있었다.

조선이 이 미증유의 위기를 극복하려면 내부적으로는 개혁을 완수하고, 외부적으로는 현명한 외교 정책으로 열강 간의 균형을 맞춰야 했다. 당장 유진이 내부 개혁을 위해서 할 수 있는 일은 많지 않으니, 외교정책의 초석이라도 깔아 놔야 했다. 그런 의미에서 러시아는 가장 중요한 외교 상대 중 하나였다.

'어차피 러시아의 목적은 새로 얻은 극동 영토의 안정과 부동항의 확보, 더 나아가 극동 영토를 가로지르는 만주를 얻는 것이다. 조선에 요구할 최대치는 부동항이겠지. 청과 일본을 동시에 견제하고 제어할 수 있는 현재로선 러시아밖에 없어.'

더욱이 러시아가 경쟁자인 영국 및 일본과 다른 점은, 바로 차르 한 사람이 모든 권력을 행사하고, 그의 결정

신조선책략

에 따라 정책이 수립된다는 것이었다.

즉, 극동 정책도 전적으로 차르 한 사람의 의지에 달려 있는 것이었다. 조선 문제뿐만 아니라 연해주의 고려인들에 대한 정책도 차르가 어떻게 생각하느냐에 따라 달려 있었다.

'차르가 조선에게 특별한 호의를 가질 수 있는 이유가 생긴다면, 조선은 적어도 러시아의 위협은 신경 쓰지 않아도 될 터. ……그런데 무슨 수로 차르에게 접근할 수 있단 말인가?'

아무리 생각해 봐도 그것은 뾰족한 수가 없었다.

유진은 일개 백성, 그것도 외국 출신 백성에 불과했다. 어차피 답이 없는 이상, 유진은 천천히 생각해 보기로 했다. 그가 조급해 해 봤자 당장 할 수 있는 일은 없었다.

*   *   *

"어, 이럴 수가."

율리우스력 1월 29(2.10)일, 러시아 신문을 펼치던 유진은 깜짝 놀랐다.

작가 표도르 미하일로비치 도스토옙스키, 어제 저녁 8시 38분에 향년 59세로 영면하다.

신문은 고인의 생애와 업적에 대해 쓴 후 찬사를 보내며, 러시아가 위대한 문학가를 잃게 되었다고 슬퍼했다.

19세기를 살다간 이 위대한 지성은 기묘한 인물이었다.

인간 심리의 표층을 가장 잘 꿰뚫는 탁월한 문학가이면서도, 동시에 도박으로 수차례 패가망신한 훌륭하진 못한 가장이었다. 젊었을 때는 혁명에 동조했으면서도, 나이 들어서는 극도의 보수주의자가 되어 혁명가들을 비웃고 러시아 제국의 위대함을 찬미했다.

한 가지 분명한 것은, 그는 러시아를 대표하는 작가이고, 지식인 사회에 깊은 영향력을 남긴 대문호라는 사실이었다. 문학에 특별한 취미가 없는 유진도 학생 시절에 도스토옙스키의 소설들을 탐독한 바 있었다. 어차피 취미 생활이라고 해 봐야 독서 외엔 없던 만큼, 자연스럽게 당대의 유명한 소설들에게도 손이 갔다.

고뇌에 찬 인간심리에 대한 묘사를 그보다 더 탁월하

게 하는 작가는 없었다. 엄청나게 긴 글, 편집증적일 정
도로 집요한 묘사, 편협한 정치적 태도 때문에 책을 던
져 버리고 싶을 때도 여러 번 있었지만, 그래도 그의 작
품은 다시 읽게 만드는 마력이 있었다.

따지고 보면 그가 가졌던 수많은 인간적 약점들도,
생각지도 못하게 사형 선고를 받고 사형대에 올랐다가
간신히 풀려난 그때의 트라우마를 영원히 잊지 못해 발
생한 일이기도 했다.

정치범들로 하여금 순간적으로 극한의 정신적 고통을
주려고 했던 차르 니콜라이 1세의 못된 장난이었다. 결
국 도스토옙스키가 도박에 빠져든 이유도 '사형대에 올
랐다가 풀려난 그때의 기분을 만끽해 보려고'이라 하니.

1월 31일, 도심에 있는 알렉산드르 네프스키 사원 묘
지에서 장례식이 거행되었다.

유진은 호기심이 들어 장례식에 참석하기로 했다. 자
신과 전혀 관계없는 사람이지만 문학사의 한 장을 장식
한 대문호의 마지막 가는 길이니 참배를 해 보고 싶어졌
다.

막상 네프스키 사원 묘지로 향하자, 수많은 인파가
들끓고 있었다.

이미 사원으로 향하는 네프스키 대로 자체가 군중으

로 꽉 들어찼을 정도였다. 못 잡아도 수만 명은 될 인파였다.

"어휴…… 왜 이렇게 사람이 많아. 이 도시 사람들 다 모였나?"

"이렇게 사람 많이 모인 거 처음 보네."

"아, 좀 밀지 맙시다!"

"여보, 애들 손 꼭 잡아!"

"애들 조용히 시키쇼! 아니 누가 장례식에다 애들을 데리고 왔어?"

"앞에 뭐 보여?"

"아무것도 안 보여! 아무것도 안 들리고!"

'사람 구경만 실컷 하게 됐네. 괜히 왔군.'

너무나도 많은 인파에 추도식이 진행 중인 사원 묘지 중심부로는 들어가지도 못할 것 같았다.

까치발을 들고 앞을 보려 해도 보이는 건 사람들이 쓴 모자뿐이었다.

서두르지 못한 것을 아쉬워하면서 발길을 돌리려던 찰나, 경쾌한 고음의 익숙한 목소리에 유진은 절로 고개를 돌릴 수밖에 없었다.

"Qu'elle surprise! Le monde est un village. C'est magnifique qu'on se rencontre ici par

226

hasard(놀랍군요! 세상이 참 좁아요. 여기서 또 우연히 만나게 되니까 참 신기하네요)."

역시나 동양에 특별한 관심을 가졌던 그 이색적인 러시아 소녀였다.

"아, 예카테리나 알렉세예브나! 다시 만나게 되어 반갑습니다."

"카챠라고 부르라니까요."

예카테리나가 자연스럽게 장갑 벗은 오른손을 내밀자, 유진은 어색하게 고개를 숙이며 입을 맞췄다.

'몇 번을 해도 이건 익숙하지가 않군.'

"그런데 이 많은 사람 중에 어떻게 절 알아보시고?"

이 인파 속에서 자신을 찾아낸 예카테리나의 눈매에 놀라지 않을 수가 없었다.

"후후, 당신은 금방 눈에 띄는 걸요. 동양 사람은 흔치 않은데다 당신은 알아보기 쉽게 키도 크니까."

'내가 그렇게 큰 가……? 하긴 다른 동양인들과 비교하면 훨씬 크긴 한데.'

이윽고 유진의 시선은 예카테리나 뒤에 서 있는 처음 보는 여성에게 쏠렸다.

"아, 이쪽은 제 메이드인 아나스타샤예요. 애칭인 나타샤라고 부르죠. 나타샤, 전에 말했던 외젠 씨셔."

하녀가 있다는 점에서 새삼 귀하신 분이란 걸 느끼게 했다.

"처음 뵙겠습니다, 무슈. 아나스타샤 이바노브나 유리나입니다."

"처음 뵙겠습니다, 마드모아젤. 유진입니다."

아나스타샤는 상냥해 보이는 외모에 부드러워 보이는 긴 연갈색 머리를 가지고 있는, 상투적인 표현 그대로 '참한 여성'이었다. 나이는 예카테리나보다 조금 더 들어 보였지만, 그래도 스물 정도로밖에 보이지 않았다.

"저 같은 사람더러 마드모아젤이라뇨, 나타샤라고 부르세요. 말씀도 낮추시고요."

아나스타샤는 황송해하면서 손을 내저었다. 귀족사회에 익숙하지 않은 유진에게 사람을 대하는 데 있어 누구는 높임말을 쓰고 누구는 낮춤말을 쓰기가 편치 않았다.

"카챠 아가씨께서 무슈 이야기를 많이 했어요. 동양에서 온 신비로운 남성분이라고. 덕분에 저도 한눈에 알아봤답니다."

아나스타샤가 나긋나긋한 목소리로 칭찬을 하자, 유진은 기쁘면서도 난감해졌다.

"그…… 그렇군요."

"나타샤, 얘가 쓸데없는 소릴! 조용히 하고 있어!"

"네, 아가씨."

발끈한 예카테리나가 아나스타샤에게 입을 다물라 하자, 아나스타샤는 빙긋 웃으면서 물러섰다. 예카테리나가 화내는 폼이나, 아나스타샤가 대응하는 자세를 보건대 엄격한 주종관계라기보다는 마치 사이좋은 자매 같았다.

"외젠도 도스토옙스키의 작품을 좋아하시나요? 여기 온 이 사람들처럼?"

예카테리나는 화제 전환의 필요성을 느낀 듯, 여전히 구름처럼 몰려 있는 사람들을 쳐다보며 말했다.

"네, 여럿 읽어 봤지요. '죄와 벌', '악령', '지하로부터의 수기' ……."

"'카라마조프의 형제들' 도 읽어 보셨나요? 작년에 나왔는데."

"아뇨, 그건 아직."

"그래도 많이 읽어 보셨네요. 도스토옙스키 소설을 좋아하세요?"

"딱히 그런 건 아닌데…… 위대한 작가라고 생각합니다. 카챠가 이곳에 온 이유도 도스토옙스키를 좋아해서?"

"아뇨, 워낙 유명한 사람의 장례식이니까 와 본 거죠. 여기 온 상당수의 사람들도 그럴걸요."

예카테리나는 약간 새침한 표정으로 군중을 곁눈질했다.

"물론 도스토옙스키는 위대한 작가지만, 묘사되는 인물의 심리가 너무 어두워서 별로 좋아하지 않아요. 전 도스토옙스키보다는 톨스토이나 투르게네프를 더 좋아해요."

"레프 톨스토이! 저도 톨스토이 소설 참 좋아해요."

유진이 동의를 표시하자 예카테리나가 반갑다는 듯이 물었다.

"그럼 '안나 카레니나' 읽어 봤어요?"

"그럼요! '전쟁과 평화'도."

"'안나 카레니나'는 최고의 소설이죠! 여성의 심리를 그렇게 잘 묘사할 수가 없어요. '이제 나의 모든 삶은, 삶의 매 순간은 이전처럼 무의미하지 않을 뿐 아니라 선의 명백한 의미를 지니고 있어. 나에게는 그것을 삶의 매 순간 속에 불어넣을 힘이 있어!'"

두 손을 붙잡고 연극조로 소설 속의 대사를 읊는 예카테리나는 마치 소설 속의 문학소녀 같아, 유진은 웃

신
조선
책략

음이 나왔다.

"안나 참 바보 같죠? 나 같으면 아무리 불행해도 절대 죽지 않을 텐데."

"그 소설엔 정상적인 인물이 없죠. 카레닌도, 브론스키도, 레빈도 모두 구제불능의 바보죠."

"아, 그건 그래요."

예카테리나는 방긋 웃었다.

모처럼 이야기가 통하는 사람이 만났다는 듯 즐겁게 문학에 대한 이야기를 했다. 인파를 거슬러 올라가며 천천히 움직이면서 이야기하는데도 이미 한참을 걸어왔을 정도였다.

"아, 외젠은 문학에 조예가 깊군요! 정말 대단해요."

예카테리나는 진심으로 놀라워하는 눈치였다. 솔직한 찬사에 유진은 멋쩍게 웃으면서 그녀가 하는 말을 경청했다.

"재작년에, 마린스키 궁전에서 차이콥스키 씨가 지휘하는 음악을 들은 적이 있었는데……."

"표트르 차이콥스키? 차이콥스키가 직접 지휘하는 공연을 봤었다고요?"

유진이 깜짝 놀라서 물었다. 러시아에서 가장 유명한 음악가 차이콥스키라면, 그도 익히 들어 본 바가 있었다. 특히 러시아—튀르크 전쟁을 기념해서 만든 슬라브 행진곡(Marche Slave)는 사관후보생 시절 수차례 들은 곡이었다.

"그럼요, 교향곡 4번. 흔치 않은 기회였지만. 외젠도 차이콥스키를 좋아하나요?"

"네, 사실 기회가 없다 뿐이지, 음악 듣는 건 참 좋아합니다."

"우린 정말 공통점이 많네요! 나중에 꼭 마린스키 극장에 같이 보러 가요."

예카테리나는 호의적인 미소를 지으며 초대를 권했다.

"네, 기꺼이."

이 시대는 바야흐로 러시아 예술의 전성기이기도 했다. 림스키—코르사코프나 차이콥스키의 음악을 직접 들을 수 있고, 일리야 레핀의 그림 작업을 볼 수 있으며, 톨스토이와 투르게네프가 문단을 주도했다.

문학과 음악에 이어 미술, 예술사 전반에 대한 이야기까지 오고 가자, 예카테리나는 유진의 폭 넓은 교양에 진심으로 감탄했다. 유진도 새삼 자신의 혀가 이토록 매끄럽게 움직일 줄은 몰랐다. 그동안 자신이 다방면에서 꽤 많은 교양을 쌓긴 했지만, 이 정도로 자신

신 조 차 신 책략

의 지식을 뽐내게 될 줄은 미처 생각지 못했던 것이다.

유진이 지식에 집착한 것은 워낙 호기심이 풍부하고 새로운 것을 알고자 하는 욕망이 강해서이기도 했지만, 콤플렉스도 한 요인이었다. 동양인은 서양인이 말하는 '교양(Bildung)', 즉 서양 문화에 무지하다는 선입견 때문에라도 더더욱 공부할 수밖에 없었던 것이다. 자존심 강한 유진에게 동양인을 야만인 취급하는 일부 몰지각한 자들의 무식을 탄로하려면, 그들보다 더 그들의 문화에 잘 알고 있어야 한다고 생각했기 때문이었다.

"외젠, 난 오늘 정말 당신에게 한번 또 놀라네요. 동양 사람인 당신이 이토록 러시아 예술, 아니, 유럽 예술에 대해 이토록 잘 알고 있다니. 아마도 유럽인의 감성이 있는 걸까요?"

예카테리나는 순수하게 감탄의 의미로 말했지만, 유진은 쓴웃음을 지었다.

확실히 자신이 서양 예술에 대해 잘 알고 있긴 했지만, 그것이 딱히 '서양'의 것이라서가 아니었다. 예술이건 학문이건, 그것은 보편적인 의미를 가지는 것이지 동서양의 구분이 따로 있는 것이 아니었다.

"글쎄요. 베토벤의 음악이 독일 사람만의 것이 아니고 미켈란젤로의 그림이 이탈리아 사람만의 것이 아니듯이 도스토옙스키의 문학과 차이콥스키의 음악이 러시아 사람만의 것일 수 없지요. 저는 예술과 사상에는 국경이 없다고 생각하는 사람입니다."

분명 자신은 조선에서 태어나 서양의 교육을 받고 자랐지만, 훌륭한 것, 아름다운 것에 대한 공감은 꼭 동양적인 것 혹은 서양적인 것으로 나눌 수 없었다.

동양의 전통적인 수묵화들과 서양의 풍경화들은 서로 다른 아름다움을 가지고 있었고, 우열이 따로 있는 것이 아니었다.

'예술이 되었건 기술이 되었건 아름답고 유용하다면 출신이 어디인지 무엇이 중요한가? 설령 남의 것으로 출발했다 할지라도, 나에게도 유용하게 사용하게 된다면 그것은 나의 것이 되는 것인데.'

서양의 것이라면 무작정 배척하는 이 시대 조선의 위정자들에게 반드시 해 주고 싶은 말이었다.

"멋진 말이군요! 그래요, 예술에 국경이 있을 수는 없죠. 아름다운 것은 누구에게나 아름다운 거니까."

예카테리나는 유진의 말에 감명을 받은 듯 바로 동의를 했다.

"그런 의미에서 동양의 예술과 사상도 널리 알려지기만 한다면 유럽인들도 모두 공감할 수 있는 보편성이 있을 겁니다. 그것이 '동양 애호'라는 별난 취미가 아니라 아름다움에 대한 공감으로서요. 언젠가 저에 대한 카챠의 호의에 대한 답례로 조선의 그림과 음악, 이야기를 들려드리고 싶네요. 조선 궁궐과 가옥도 참 아름답습니다. 반듯반듯한 유럽 건물들의 장엄함과는 또 다른, 부드럽게 곡선을 흐르는 아름다움이 있지요."

"이런, 부끄럽네요. 전 그동안 별난 취미로써 좋아하는 동양 애호가였는데."

"아뇨, 그런 뜻으로 말한 건 아니고."

당황한 유진이 손을 휘젓자, 예카테리나는 고개를 저었다.

"아니에요. 정말 외젠의 말이 다 맞아요. 분명 동아시아든, 혹은 이슬람 문화권이 됐든 그들의 문화가 있는데 우리 유럽인들은 다른 문화를 '후진적'으로 취급하고, 좋게 봐 줘도 '별난 것, 신비한 것' 정도로만 보는 걸요. 러시아인들은 그런 의미에서 더 웃기죠. 서유럽 사람들에게 절반은 아시아인 취급당하면서, 열심히 프랑스어 쓰고 프랑스식으로 살면서 그 열등감을 극복

하려 하거든요. 그렇다고 해서 그걸 배격하는 민족주의
자들은 무조건 슬라브적인 것이 순수하고 위대하다고
떠드니까, 더 공감이 안 되고요. 세상을 바라보는 관점
에 대해 외젠처럼 균형 잡히게 말하는 사람은 처음이에
요."

'그거야 뭐 난 이쪽저쪽을 다 경험해 본 사람이니
까…….'

"사실 아버지나 저나, 러시아 주류 사회에 적응하지
못했기 때문에 더 특이한 취미로써 동양에 빠져든 것 일
지도요."

예카테리나가 씁쓸하게 웃으면서 작은 목소리로 중얼
거렸다.

"네?"

"아…… 아니에요. 그나저나 외젠의 말을 듣고 나니,
더 조선에 가 보고 싶어졌어요. 그전에 준비를 해 보고
싶네요. 앞으로 제게 조선말과 조선 이야기를 들려주시
겠어요? 꼭 저희 집으로 초대하고 싶어요. 어머니와 여
동생도 기뻐할 거예요."

"영광입니다. 기꺼이."

그녀와 이야기를 하고 있으면 정말로 마음이 편하고
즐거웠다. 유진은 이 세계에 온 후로 처음으로 여성에

신조선책략

대한 욕망을 느꼈다.

"약속한 거예요?"

"네, 물론."

예카테리나의 호의에, 유진은 고개를 숙이며 감사를
표했다.

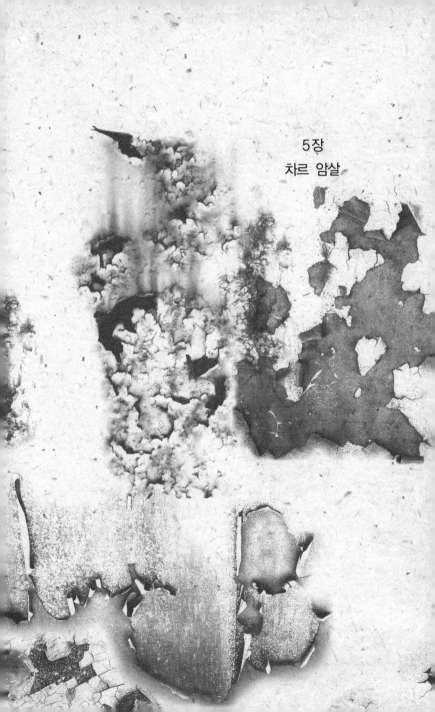

5장
차르 암살

혁명가는 스스로에게 엄격한 만큼 남에게도 엄격해야 한다. 그는 가족애, 우정, 사랑, 감사, 명예와 같이 나약한 감정을 혁명가다운 냉철한 열정 하나로 억눌러야 한다. 그가 얻을 수 있는 유일한 기쁨이나 위안은 혁명의 성공에서 온다. 그는 언제나 가치 없는 파괴라는 단 한 가지의 생각과 목표만을 지니고 있어야 한다. 또 그 목적을 이루기 위해 부단한 노력을 기울여야 하며, 목표를 위해서라면 언제든 스스로를 희생할 준비를 하고 또 방해가 되는 사람은 누구든 자신의 손으로 직접 없애 버릴 수 있어야 한다.

― 세르게이 겐나디예비치 네차예프(С.Г.Неч
аев), 〈혁명가의 교리문답〉

*   *   *

2월의 어느 날, 부세는 자신의 서재로 유진을 부르더
니 진지한 어조로 이야기를 꺼냈다.

"무슈 김, 내가 전에도 말한 적 있지만, 러시아와 조
선은 곧 수교를 할 겁니다. 그런데 이 나라에는 조선에
대한 전문가가 너무 없어요. 국경을 접한 지가 20년이
넘었는데도 말이오. 이 나라 최고의 동양 연구기관이라
는 페테르부르크 대학 동양학부에서도 중국어와 일본어
가능자는 꽤 많지만 조선어를 할 줄 아는 사람은 전혀
없지요. 하지만 앞으로는 분명히 수요가 발생할 겁니다.
내가 그대와 함께 온 이유는 상트페테르부르크에서 조
선 전문가를 양성하고 싶어서입니다. 내년부터 동양어
대학에 조선학 강의를 만들려고 하는데, 그 강사를 당
신이 맡아 줬으면 합니다."

"네? 제가요?"

유진이 얼떨떨한 표정으로 되묻자 부세가 다시금 강

조를 했다.

"그렇소, 당신이."

"제가 페테르부르크 대학에서 동양학을 전공했다고는 하지만 학위 과정을 마치지도 못했으니까 자격이 없습니다."

학부 2학년까지 수료한 것이 전부인 유진은 난색을 표했다. 그걸 떠나서 예전 같으면 강사직이라면 기꺼이 환영했겠지만, 조선에서 살기로 결심한 지금은 굳이 강사 노릇하면서 페테르부르크에서 살 생각이 없었다.

"아니, 안 될 것도 없소. 그건 내가 학교 측과 이야기해 보리다. 학위 과정과 강의를 병행하면 되오. 석사 학위를 받은 후에는 본격적으로 교수 양성 과정에 들어가면 되고. 그대는 조선에 대해서도, 서양에 대해서도 잘 아니까 전문성을 갖추고 있지요. 무엇보다 여러 나라 언어에 능통하니 가장 적격이요."

"말씀은 고마운데, 전 고향에서 할 일도 있고……. 사실 이번도 단기 유람 목적으로 온 것이지, 그렇게 장기체류할 계획도 없는데요."

"아니, 영원히 붙잡겠다는 게 아니올시다. 기초 틀만 잡아 달라는 거지. 정 그렇다면 일단 1년만이라도 강의해 주시면 안 되겠소?"

"저도 그러고 싶습니다만, 고향에 돌아가야 할 제 사정이란 것도……."

유진이 계속 완곡히 거절 의사를 드러내자, 부세가 다시금 간곡한 어조로 청했다.

"내 약속하는데, 대학에서 대우는 섭섭잖게 할 겁니다. 한몫 가져서 고향으로 금의환향하는 것도 좋은 일 아니겠소?"

유진은 어떻게 해야 피차 기분 좋게 거절을 할 수 있을까 고민을 하다가, 불현듯 생각이 미친 것이 있었다.

"박사님, 박사님도 아시다시피 전 조선 국왕 폐하의 사절을 수행하던 수행원이었습니다. 공식적이지는 않았지만, 말하자면 밀사였지요. 저의 임무 중 하나는 조선과 러시아의 수교 가능성을 탐지하는 것이었습니다. 제가 여기까지 박사님을 따라 페테르부르크까지 온 가장 큰 이유도 바로 그것이었지요."

"아니, 그대는 러시아 국적이 아니오?"

"중국과 일본의 외무부에도 서양인 고문들이 다수 있는 것으로 압니다. 하물며 저야 출신이 조선인데요."

"하긴 그야 그렇소만."

부세가 고개를 끄덕거리자, 유진은 더욱더 힘을 주어 말했다.

신 조선 책략

"러시아국 황제 폐하, 즉 차르를 뵙고 우리 폐하의 의사(意思)를 전해 드리는 것이 제 목표입니다만, 공식 사절이 아닌 제가 감히 그럴 수야 없겠지요. 그래도 외무대신 각하나, 극동 문제에 대한 지도적인 위치에 있는 분을 만나 비공식적으로라도 이야기를 나누어 보고 싶습니다. 그 문제가 해결된다면, 저야 마음 편하게 조선에 전신으로 보고하고 여기서 강사를 맡을 수도 있겠지요."

사실 자신에게 그런 권한은 전혀 없고, 명령 또한 없었지만, 유진은 허풍과 거짓말까지 섞어 가며 부세에게 낚시 바늘을 던졌다.

"흠…… 내가 비록 프리모르스키 정청에서 이주민 문제를 담당하는 위치에 있소이다마는, 여기선 그저 지리학자일 뿐이지. 나도 그런 거물급 인사들과의 만남을 주선해 드리긴 어렵소."

부세가 당혹스러워하자, 유진은 완급을 조절했다.

"제가 알기로 박사님은 이 러시아에서 굉장히 명망 있는 극동 문제 전문가로 알고 있습니다만…… 그런 박사님의 의견을 구하려 하는 사람이 없겠습니까?"

"알겠소, 알겠소. 조선에 대한 수교 문제는 나도 관심이 있는 사항이니까. 내 한번 지인을 통해 자리를 만

들어 보겠소이다. 일단 기다려 보시오."

"감사합니다."

유진은 자신의 말솜씨에 스스로 만족했다.

며칠 뒤, 부세는 다시금 유진을 서재로 불러들였다.

"자리를 만드는 데 성공했소. 좀 힘들었지만. 오늘 저녁에 나와 함께 갑시다. 아, 저번에 입은 연미복 있지요? 그거 입도록 하시오. 높으신 분들이니까, 격식에 신경 쓰지 않을 수가 없거든."

"감사합니다, 박사님."

"오늘 자리를 주선해 주신 분은 명망 높은 탐험가인데, 황실의 후원을 받고 있기도 하지요. 다만 이 자리는 공식적인 자리가 아니라 사적인 자리로 마련된 것이니 이 점은 유의하시오."

"그분 이름이?"

"니콜라이 미하일로비치 프르제발스키 씨요."

약속 시간이 가까워지자, 부세와 유진은 마차를 타고 프르제발스키의 저택으로 향했다.

"안녕하십니까, 니콜라이 미하일로비치!"

"어서 오시오, 부세 박사! 기다리고 있었소."

큰 콧수염을 기른 덩치 큰 사내가 방문자를 반겼다. 유진은 어디선가 익숙한 외모라는 기시감을 받았다.

"여행은 잘 다녀오셨습니까?"

"고생은 좀 많이 했지만 그만큼 보람도 있었지. 아, 이분이 그 조선 사람이오?"

"처음 뵙겠습니다. 유진이라고 합니다."

"난 탐험가 니콜라이 미하일로비치 프르제발스키라고 하오. 우수리—연해주 남부— 지역에는 14년 전에 방문한 적이 있소. 그때 까우리(고려인)라 자처하는 당신의 동족들을 많이 만났었지. 순박한 사람들이었소. 아, 조선에도 방문한 적이 있소. 경흥이었나? 거기 지방관이 아주 날 환대했었는데."

'14년 전 경흥이라…… 바로 그 직전에 그곳을 떠나 러시아에 들어왔었지…….'

유진은 어쩌면 이 탐험가도 지나가다 볼 수 있었겠다는 생각이 들었다.

응접실에는 훈장이 여럿 달려 있는 제복을 입은 장군과 외교관 제복을 입고 있는 이가 기다리고 있었다.

"인사하시오. 이분은 해군 소장이신 3등 무관 알렉산드르 예고로비치 크로운(А.Е.Кроун) 장군이시오."

"안녕하십니까?"

갈색 수염과 구렛나룻을 덥수룩하게 기른 장군이 인사를 받았다.

"이분은 외무부 아시아국 소속 외교관인 6등 문관 카를 이바노비치 베베르(К.И.Вебер) 씨."

"안녕하십니까."

"반갑소."

"크로운 장군께서는 내가 극동 탐방을 할 때 프리모르스키 군정 지사셨소. 그래서 극동 사정에 대해 밝으신 분이라 특별히 부른 것이고, 베베르 씨는 페테르부르크 대학 동양학과를 졸업하고, 쭉 아시아국에 근무 중인 외교부의 인재지요."

사실 따지고 보면 유진과 어느 정도 다 인연이 있는 사람들이었다. 크로운은 그가 어렸을 적 연해주에 살았을 때 군정 지사였고, 베베르는 대학 선배인 셈이었다. 유진은 러시아에서의 일은 거두절미하고 자기소개를 했다.

"저는 조선국 국왕 전하의 밀사인 유진이라고 합니다. 저는 공식적인 외교관로 파견된 것은 아니지만, 전하께서는 조선국과 러시아제국 간의 수교 가능성에 대해 고려하고 계십니다. 그렇기에 제가 파견된 것입니다."

사실 엄밀히 말하면 이것은 관직 사칭이었지만, 유진은 아무려면 어떠냐는 기분이었다.

　"그동안 조선은 오랫동안 '조용한 아침의 나라'로 지냈지만, 변화하는 시대에 맞춰 중국과 일본처럼 서양 각국과 수교를 맺으려 합니다. 이는 우리 전하의 확고하신 뜻이십니다."

　"국경을 접한 두 나라가 수교를 함은 지당한 일입니다. 그런데 작년에만 해도 우리 제국에서 귀국의 경흥으로 사절을 파견하여 통상을 제의했지만, 묵살하지 않았소?"

　베베르의 이의 제기에, 유진은 답변을 했다.

　"물론 그랬습니다. 지금 조선은, 아직도 서양 각국과 통상을 하는 것에 대한 보수적인 관료들의 반발이 큽니다. 이들이 현재 조선 정부의 상당수를 차지하고 있지요. 당연히 조심스럽게 이 문제를 접근할 수밖에 없습니다. 우리 전하께서 공공연히 외국에 사신을 보내지 못하고, 비밀리에 보내는 이유도 그와 같습니다."

　자신이 비밀 사절임을 다시 한 번 강조한 유진은 설명을 이어 나갔다.

　"향후 1—2년 내로, 조선은 서양 각국에 문호를 개방할 예정입니다. 이미 미국 및 영국과 예비 교섭을 진행하는 중입니다."

러시아의 라이벌인 영국을 언급한 것은 그들의 호승심을 이끌어 볼 생각에서였다.

"그런데 법리적인 문제에 대해 질문하지 않을 수가 없군요. 러시아에서도, 조선과의 수교에 대한 준비 작업을 하고 있습니다. 한데 청국 공사 증기택(曾紀澤) 씨의 말에 따르면, 조선은 청나라의 속방으로 청의 지도를 받으나, 내정과 외교를 맺을 권한은 자유롭다고 하더군요. 예전부터 이 점에 대한 조선 사람의 의견을 들어 보고 싶었습니다."

청은 예전부터 서양 열강들을 향해 조선이 자신들의 속국임을 강조했다.

그동안 조선 또한 청의 속방을 자처하여 서양 열강과의 불필요한 외교 접촉을 피하려고 노력해 왔다.

"조선은 오랫동안 청을 사대의 예로 모셔 왔습니다. 하나 이는 조선의 의사가 아니었고, 단지 사세가 그러하였기 때문에 부득이하게 그래 왔을 뿐입니다. 청은 조선의 상국이긴 하나, 조선의 내정에 개입할 권한은 없습니다. 말하자면 현재 형식적으로는 오스만 제국의 신하이지만, 내정에 관해서는 자치를 가지는 세르비아 대공국 및 불가리아 대공국과 비슷한 처지입니다. 여러

신조선책략

분께서도 잘 아시듯이, 과거의 두 나라가 결코 그들이 원해서 오스만 제국의 지배를 받은 것이 아님을 이해해 주십시오."

유진은 유럽인들에게 청과 조선의 관계를 이해에 맞게 설명하기 위해 예전부터 이 사례를 준비해 왔다.

15세기에 오스만 제국의 침공에 복속된 이래, 오랫동안 지배를 받았던 세르비아와 불가리아는 러시아의 지원을 받아 실질적인 독립을 쟁취한 터였다. 특히 불가리아는 몇 년 전 전쟁을 통해 러시아가 무력으로 오스만을 무찌르고 '해방' 시킨 나라였다. 세르비아와 불가리아가 러시아를 '형제' 처럼 생각하는 것은 당연한 일.

더불어 이는 현재 러시아인의 감정을 고려해서 정리한 발언이기도 했다.

러시아가 세르비아 및 불가리아와 가지는 특수한 친밀관계, 그리고 러시아와 청이 영토 문제로 지금 일촉즉발의 위기 상태에 놓여 있다는 것 두 가지를 다 고려해서 한 말이었다.

"그렇게 말하니 아주 이해하기 쉽군! 명쾌한 설명이오."

크로운 장군이 고개를 끄덕이며 공감을 표시했다. 베

베르도 고개를 끄덕였다.

"그렇다면, 선생의 말을 종합해 보면, 조선은 완전한 내정의 자유를 갖고 있으며, 청의 형식적인 지배를 받는 것조차 조선이 원했던 바가 아니었다, 라는 거군요?"

"그렇습니다. 지금으로부터 240년 전, 투르크인들이 발칸을 침략하였듯이 만주족들이 조선을 침략하여 부득이하게 주종의 관계를 맺은 것뿐입니다. 다만 그 이후로 오랜 세월이 흘러 이런 관계가 익숙해진 것이지, 조선의 개명된 이들은 모두 청으로부터 완전한 독립을 원합니다."

'물론 러시아를 가장 큰 위협으로 생각하는 이들도 많지만.'

유진은 뒷말을 삼켰다.

"그럼 조선 국왕 전하께서는 청국의 입장이 무엇이든, 우리 러시아와 수교를 맺겠다는 의지가 확고하신 것인가요?"

"그렇습니다. 물론 러시아뿐만 아니라 서양의 모든 국가들과 수교를 맺길 원하시지요."

"잘 알겠습니다. 그럼 제가 기회가 닿는 대로 외무차관 겸 아시아국장 이신 니콜라이 기르스(Н. К. Гирс)경

신
조선
책략

에게 보고를 올리도록 하지요. 차후 훈령이 내려온다면 답변을 드리도록 하지요."

"호의에 감사드립니다."

공식적인 대화가 끝나고 잠시 쉬는 시간에, 알렉산드르 크로운 제독이 유진에게 다가오더니 질문을 했다.

"나는 6년 전까지 프리모르스키 지역의 군정 지사였소. 내가 막 지사가 되었을 때, 조선에 큰 기근이 발생하여 조선 유민들이 우리 영토로 많이 들어온 시기였지. 불법 월경이었지만, 나는 인도(人道)에 근거하여 그들에게 최대한의 호의를 베풀어 정착을 돕도록 했는데⋯⋯. 그래, 그들은 지금 어떻게 살고 있소?"

그 이주민 중의 한 사람이었던 유진은 최대한 격식을 차리며 답했다.

"지금 그들은 미개간지를 개간하고, 땅을 경작하고 일구어 번영하고 있습니다. 각하의 호의를 조선 사람들은 잊지 않을 것입니다."

"그렇소? 그거 잘됐구려. 그땐 그들이 정말 많이 힘들어 했지. 기아에다 전염병까지 돌아서 사람도 많이 죽었다오."

제독은 담뱃불을 붙이며 말을 이어 나갔다.

"그때 부모를 잃고 고아가 된 7살 난 여자아이가 있었는데, 그 처지가 하도 딱해서 내 부관이 양녀로 받아들였다오. 내가 대부가 되어 이름도 지어 주고 양육비도 대 주었소. 블라디보스토크에서 공부를 시키고, 지금은 이곳 페테르부르크의 고등여학교에 다니고 있소."

"네? 그게 정말입니까?"

유진은 깜짝 놀랐다.

자신이 페테르부르크에서 대학을 다닌 것도 놀라운 일인데, 하물며 조선 여인이 이곳에서 중등교육을 받았다는 것은 금시초문이었던 것이다.

"물론이오. 재작년부터 다니고 있소."

"그분 성함이 어떻게 되십니까?"

"알렉산드라 세묘노브나 보프로바. 원래 이름이 뭐였더라……? 아무튼, 내 부관이었던 세묜 보프로프 중령의 양녀고, 알렉산드라란 이름은 내 이름에서 따온 거요."

'정말 세상은 넓고 알 수 없는 일도 많구나. 세상에, 조선 여성이 상트페테르부르크에서 근대 교육을 받고 있었다니…….'

"나중에 기회가 되면 꼭 한번 뵙게 해 주십시오. 머나먼 타국에서 교육에 매진하고 있다 하니 동포로서 자랑스럽고 뿌듯합니다."

유진은 진심으로 기뻤다.

자신과 비슷한 처지에 놓인 조선 여인이 머나먼 이곳까지 와서 훌륭하게 학업을 이어 나간다는 사실에 깊은 동질감과 감격을 느꼈다.

"그러도록 합시다. 그 아이도 조선 사람이 여기에 왔다고 하면 반가워할걸."

＊   ＊   ＊

이윽고 연회가 준비되고, 유진은 동석한 사람들과 함께 긴 식탁에 앉았다.

식사와 술이 오가면서 얼마 전 티베트 탐험을 마치고 돌아온 프르제발스키의 무용담이 펼쳐졌다.

"험준한 쿤룬 산맥을 넘어, 티베트 고원에 이르기까지 그야말로 고생의 연속이었습니다. 내가 시베리아와 극동에도 가 보았고, 고비사막을 넘어 천산 산맥까지 넘어본 이였지만, 이번만큼 힘든 적이 없었죠. 그래도 그 환상의 도시 라싸에 간다는 생각에 온갖 고생을 다 참고 버텼습니다."

"대단하시군요! 그 지역을 방문한 유럽인은 마르코

폴로 이후로 처음이라지요?"

부세가 감탄을 표하자, 프르제발스키는 고개를 끄덕거렸다.

"그렇지요. 600년 만에 내가 처음입니다. 내가 어디까지 이야기했더라? 아, 라싸 근처까지 갔다고 했지요. 이게 참 원통해요. 진짜 중국인들의 온갖 방해와 험난한 환경을 거치고 라싸 근방 260㎞까지 접근했소. 그간 한 여정에 비교하면 그야말로 코앞까지 온 셈이지요. 근데 달라이 라마의 사절단이 와서는, 결코 이방인은 라싸에 들여보낼 수 없다는 겁니다. 이러니까 내가 환장할 노릇이지요. 그 고생을 해서 여기까지 왔는데 못 들어간다는 게. 사정도 해 보고, 뇌물도 줘 보고, 협박도 해 보고 별짓을 다해 봤지만 절대 안 된다는 대답뿐이었소. 청나라 관리는 아예 날 체포하겠다고 난리를 치더군요. 정말이지 눈물을 머금고 포기했습니다. 그리고 돌아왔지요."

탐험가는 죽도록 안타깝다는 표정을 지었다.

"허허, 참 안타깝군요. 그런 기회가 다신 없을지도 모르는데."

"아뇨, 난 포기 안 합니다. 다시 준비를 해서, 이번엔 시행착오 없이 티베트에 들어갈 겁니다."

"그렇게 티베트에 가 보고 싶어 하시는 이유가 무엇이신지요?"

유진이 조심스럽게 묻자, 탐험가는 호쾌하게 웃음을 터트렸다.

"내가 미지의 세계에 정말 관심이 많소. 지금 이 유라시아 대륙에서 가장 안 알려져 있는 곳은 단연 티베트 아니겠소? 티베트 고원도, 그들의 종교도, 달라이 라마도 내겐 정말 이해할 수 없는 존재들이오. 그러고 보니 선생은 이쪽에 대해서 좀 아시오? 내가 부세 박사에게 들은 바로는 굉장히 박식하다던데."

"그저 주워들은 것뿐이지요. 저도 그 지방에 대해서는 잘 모릅니다. 조선이나 중국에 대한 이야기라면 얼마든지 답해 드릴 수 있겠습니다만."

"그래요? 그거 아쉽구만……."

"다만 제가 아는 걸 알려 드리자면, 청 황실은 강희제 이래 티베트 불교를 크게 후대하고 있습니다. 특히 건륭제는 달라이 라마를 직접 북경으로 초대하고도 있지요. 청나라 황제가 한족에게는 전통적인 천자(天子)의 모습을, 만주족과 몽골족에게는 그들의 전통대로 칸(Khan)을 자처하고, 티베트 불교를 믿는 이들에게는 전륜성왕(轉輪聖王)을 자처하는 셈입니다."

청의 건륭제가 티베트 불교의 2인자인 판첸 라마를 스승으로 칭하며 자신의 옆자리에 앉혔기에, 그를 알현하러 찾아온 조선의 사절단에게 엄청난 충격을 주었다.

판첸 라마를 이단의 괴수 정도로 생각했던 조선 사절은 건륭제의 요구에도 불구하고 목숨을 걸다시피 하며 절하기를 거부했다는 것이다. 조선 유학자들에겐 엄청난 충격을 준 티베트와의 만남이었다.

"그거 재밌구려. 우리 차르께서 신성한 러시아 황제이시자 폴란드 국왕이시고, 핀란드 대공임과 동시에 몽골계 유목민들에게는 '차간 칸(하얀 칸)'으로 불리는 것과 비슷한 것 아니오?"

듣고 보니 전통적인 유라시아 유목 세계를 반으로 나누어 지배하는 청 황제와 러시아 차르 간에는 유사성이 많았다.

"과연 비슷하군요."

"그럼 청나라 황제와 달라이 라마의 관계는 어떻게 되는 거요? 황제가 달라이 라마를 임명하나?"

"아뇨. 티베트 불교의 수장인 달라이 라마는 '환생'의 형식을 통해 후계자를 지명합니다. 달라이 라마가 죽으면 후계자가 될 아이를 찾는데, 바로 전대 달라이 라마의 영혼이 그대로 들어가 그 기억을 갖고 태어난 아이지요."

"아니! 그럼, 정말로 달라이 라마가 죽자마자 환생을 한다고 믿는단 말이오?"

"티베트인들은 그렇게 믿는 것 같습니다."

"아니, 그럼 과거를 알 수 있을 뿐만 아니라, 미래도 볼 수 있는 것 아니오? 참으로 신묘하구만."

"이야, 그럼 더더욱 티베트에 가야겠군요. 나도 그 능력을 한번 확인해 보고 싶으니!"

제독의 농담에 사람들이 껄껄 웃었다.

"꼭 티베트 불교에서만 과거와 미래를 볼 능력이 있는 것이 아닙니다. 동양엔 점술을 통해서 과거와 미래를 예측할 수 있는 학문이 있지요. 그것을 역학(易學)이라 하고, 주역(周易)이라는 책을 통해 봅니다."

"그건 또 무슨 이야기요?"

"제가 조선에서 역학에 대해 좀 배워서, 미래를 보는 법에 대해 좀 알고 있습니다."

주역이 애초에 점을 치라고 있는 책도 아니었고, 철저한 합리주의자로 점술이니 예언이니 하는 것을 전혀 믿지 않는 유진이었지만, 장난기와 호승심이 발동해서였다.

청년 나폴레옹도 유력자들이 모인 무도회장에서 코르

시카인의 예언 운운하면서 정부 인사의 눈에 드는 계기가 되었다고 하지 않았던가?

"한번 시험해 보시겠습니까?"

"그거 재미있구려. 그럼 앞으로 내 인생은 어찌 될 것 같소?"

그렇게 말하는 프르제발스키의 표정은 허튼 농담 취급하고 있었다.

"하하, 역학이라고 모든 것을 답해 주지 않습니다. 개인적인 일보다는 좀 더 국가의 큰일을 점쳐 봐야지요. 동양의 점술이니 동양 정세에 대해 점쳐 보도록 하겠습니다. 잠깐 기다려 주십시오."

진짜 예언 같은 것은 가능할 리가 없었다.

이왕 엎질러진 물이고, 하는 김에 강하게 치고 나갈 생각이었다. 유진은 머릿속으로 재빠르게 그동안 읽었던 관보와 신문의 내용을 정리하면서, 앞으로 일어날 수 있을 법한 일을 떠올렸다. 생각을 정리하던 유진이 머리에 생각이 미치는 바가 있자, 중얼거림을 멈췄다.

"그래, 점괘가 어찌 나옵디까?"

제독이 비웃는 듯한 표정으로 물었다.

"흠, 말하자면 이렇습니다. 지금 러시아는 청과 일리—신강 서부— 지역을 놓고 국경 분쟁 중이고, 외무

신
조선
책략

부는 이를 조정하기 위한 조약을 준비하는 것으로 압니다만, 맞습니까?"

1864년 신강 일대에선 청의 지배에 반대하는 무슬림 반란이 대대적으로 일어났고, 이를 틈타 1871년에 러시아가 국경 지대 일부를 점령했다. 1877년 무슬림 반란이 제압된 이후 청은 영토의 반환을 요구했으나, 러시아는 이를 거부하고 시간을 끌어오고 있었다. 1879년에 리바디야에서 조약이 맺어졌지만, 청에게 너무나 불리한 조건이라 청은 조약을 파기하고 전권대신 숭후를 처벌, 이후 재조약을 요구하고 있었다.

"그렇소만."

베베르가 떨떠름한 표정으로 말했다.

"청은 결코 지난 리바디야 조약을 결코 인정할 수 없다고 말하고 있지요."

"아니 그거야, 신문만 봐도 알 수 있는 거잖소."

"여기서부터가 예언의 영역입니다. 여러분은 꼭 비밀을 지켜 주십시오. 지켜 주실 수 있으십니까?"

"허허, 거 참, 뭐 그러도록 합시다."

"좋습니다. 향후 며칠 내로 러시아와 청국 간에 국경 조약이 타결될 것입니다. 러시아 제국은 청에게 이전에 점령했던 영토를 반환하고, 대신 막대한 보상금을 청이

지불할 겁니다."

"아니, 그게 무슨 소리요! 대체 그걸 당신이 어떻게 아는 거요?"

베베르가 버럭 화를 냈다.

청과 조약을 맺더라도 그 구체적인 협상 내용은 철저히 비밀이라, 외무부 관료인 자신도 정확히 알고 있지 못하는 내용이었다.

"우리 러시아가 그런 조건으로 조약을 맺는다고? 러시아 제국은 선제 니콜라이 1세의 말씀처럼, 한번 제국의 쌍두 독수리 깃발이 올라간 곳은 다시는 그 깃발이 내려온 적이 없었소! 그런데 청 따위가 뭐가 두려워서 그런 조약을 맺는단 말이오!"

크로운 제독도 호의적인 태도를 버리고 강한 불쾌함을 보였다.

"뭐, 재미있긴 했소이다만, 솔직히 말해서 불쾌하오. 왜 우리 러시아 제국이 그까짓 청 따위가 두려워서 이미 점령한 영토를 반환해야 한단 말이오? 나는 몽골, 투르케스탄, 티베트를 미개한 중국의 지배로부터 러시아가 해방시켜야 한다는 입장이오."

프르제발스키는 더욱 노골적인 태도로 청에 대한 경멸감을 드러냈다.

"이보시오, 무슈 김. 대체 갑자기 왜 이러는 거요? 그렇게 교양 있던 사람이 왜 안 하던 짓을 하고 그러시오?"

부세조차 당황해서 유진에게 따져 물었다.

"못 믿기시는 게 당연하겠지요. 제가 여러분 입장이더라도 그럴 겁니다. 물론 사람의 일이라는 것은 알 수가 없기 때문에, 어떤 변수가 발생한다면 제가 본 미래가 바뀔지도 모르겠지요. 하나, 여러분이 비밀을 지킨다는 전제 하에, 향후 며칠 내로 그렇게 될 겁니다."

"허 참!"

"좋소, 당신이 그렇게 자신을 가진다면 두고 봅시다. 한데 그 예언이 틀리면 어떻게 할 거요?"

프르제발스키가 빈정거리는 어조로 물었다. 그는 틀릴 것이 확실하다는 표정이었다.

"여기 부세 박사님께서 저를 동양학부의 신설된 조선학 강좌를 맡기고 싶으시다는데, 만약에 틀리면 강좌뿐만 아니라 조선에 대한 모든 걸 러시아를 위해 제가 무료로 봉사하지요."

유진이 이렇게 허세를 부리는 것은 정세의 판단에 근거해서였다.

1878년, 산스테파노 조약으로 오스만을 압박하던 러

시아가 베를린 조약으로 후퇴한 것은 결국 영국과 다른 열강의 압박에 의해서였다.

유진은 이번에도 같은 일이 일어나리라 생각했다. 러시아가 청국에게 양보를 한다면, 그건 청이 두려워서가 아니라 영국의 압력을 견디지 못해서일 터였다. 러시아의 중앙아시아 진출에 대해 신경질적인 반응을 보이는 영국이, 러시아가 그토록 유리한 조약을 고수하도록 상황을 지켜볼 리가 없었다. 어차피 예언이란 건 되면 좋고, 아님 말고였다.

"허허, 알고 보니 이 조선 친구가 우리 러시아 제국을 위해 봉사하고 싶다는 걸 아주 돌려서 말한 것이었구만."

제독의 말에 다들 껄껄 웃었다.

"대신 제가 예측한대로 된다면."

유진은 빙긋 웃으면서 말했다.

"앞으로 여러분도 저를 믿어 주셔야 합니다."

*   *   *

2월 12(2.24)일. 외무부 아시아국 소속 6등 문관 카를 베베르는 오늘 청과의 조약이 맺어졌다는 소식을 들었다. 3년에 넘는 협상과 재협상 끝에 이루어진 산고였다.

베베르는 불현듯 그 조선 청년의 '예언'을 떠올렸다. 베베르와 참석자들은, 유진의 말을 미친 소리, 내지 농담으로 취급하고 진지하게 여기지 않았다.

내부 인사이긴 해도 하급 관료들은 직접 조약 체결 과정에 참여할 직책에 있지 못했기 때문에, 구체적인 조약 내용 자체는 전혀 모르고 있었다.

'글쎄, 우리가 뭐가 아쉬워서 스스로 영토를 포기한 단 말인지. 그런 불리한 조건으로 조약을 체결할 이유가 없다.'

"조약 내용은요?"

"곧 사본이 아시아국으로 올 겁니다. 아, 마침 오는 군요."

조약 사본이 아시아국에 도착하고, 그 내용을 읽는 순간 모두가 놀라움을 금치 못했다.

제1조. 러시아 제국은 1871년 점령한 지역을 청 제국에 반환한다. …….

제3조. 반환된 지역의 주민 중 희망자는 러시아 제국으로의 이주를 허용한다. …….

제6조. 청 제국은 러시아 제국에 그 동안의 주둔비용과 무슬림 반란에서 희생된 러시아인들을 위하여 900만 루블을 금으로 지불한다. ……

제7조. 일리 지역에서 새로운 국경선을 설정한다. …….

제10조. 러시아 제국은 청 제국의 신강, 감숙성, 외몽골에 새로 영사관을 설치할 권리를 부여받는다. …….

제12조. 러시아 상인은 몽골과 신강 지역에서 면세의 권리를 얻는다. …….

서력 1881년 2월 24일, 러시아력 2월 12일, 중국력 1월 26일

러시아 제국 전권대신 외무차관 N. K. 기르스

청 제국 흠차전권대신 주 러시아 공사 증기택

"아니, 일리 영토를 스스로 포기했다고요? 이게 대체 어떻게 된 겁니까?"

"글쎄요. 중국의 여론이 그렇게 부담이 됐나?"

"아니, 중국이 무슨 힘이 있다고?"

"중국 뒤엔 영국이 있지 않소! 보나마나 영국이 압박을 넣었을걸?"

신
조선
책략

외무부의 대부분 관료들이 놀라워하는 가운데, 베베르는 두 배로 더 황당했다.

'아니, 이게 대체 어떻게 된 일이란 말인가? 그럼 그 조선인은 이렇게 될 줄 알고 있었단 말이야? 혹시 청의 첩자인가?'

베베르는 순간 의심이 미쳤으나, 곧바로 그 가능성을 부정했다. 청의 첩자라 할지라도 합의되지 않은 조약 내용을 미리 알 수는 없을 터였다.

'그렇다면 정말로 예언이란 말인가?'

한참을 고민하던 베베르는 결국 외무차관 니콜라이 기르스 경에게 면회를 신청했다. 마음 한쪽의 꺼림칙함을 이겨 내지 못한 탓이었다.

"그간 평안하셨는지요, 차관 각하?"

"그래, 베베르. 새로이 보고할 일이라도 있는가?"

흰 수염을 길게 기른 차관이 근엄한 표정으로 베베르를 맞이했다.

"예, 다름이 아니오라, 근래 청국과 맺은 조약 결과에 대해 여쭙고 싶은 것이……."

"그 일이라면 내가 아시아국에 이미 설명하지 않았는가? 영토 조금 더 넓히자고 중국이랑 이 이상 척을 진다면 앞으로 어떻게 그들을 대하겠나. 그래서 이번엔 양보를 한 것이네. 영국인들이 투르케스탄 문제 가지고 떠들어 대는 것도 있고."

차관이 불쾌하다는 듯이 말했다.

조약 내용에 대해서 정부, 특히 군부의 대외강경파들의 비난이 쏟아지고 있었던 것이다. 그는 합리적인 이유를 들어 설명했지만, 여전히 강경파들은 러시아의 권위를 실추시킨 조약이라 비난하고 있었다.

"아니, 그게 아닙니다. 혹시 조약이 맺어지기 전에 청국 쪽에 미리 흘러나온 것이 있지 않았는지요? 조약 결과를 훨씬 전에 미리 아는 이가 있었습니다."

베베르는 유진이 청의 간첩일지도 모르는 심증이 있었다. 생각해 보면 수상한 점이 한두 가지가 아니었다.

"뭐라고? 그럴 리가 있나. 조약 문구는 당일에야 결정된 것이네. 협상 내용을 놓고 그 전날까지 입씨름을 벌였고, 우리가 양보할 것이라는 걸 청 공사가 미리 알았을 리 없네. 허풍 떤 거라면 모를까. 대체 미리 알았다는 그자가 누군가?"

차관의 단호한 반응에, 베베르는 자신이 겪었던 일에 대해 설명했다.

"물론 그 청년은 자신의 점괘와 알고 있는 지식을 이용하여 해석한 것이라고 합니다만, 아무리 그래도 그렇지 이렇게 정확히 들어맞는다는 게 이상합니다. 우연이라고 생각하기엔 너무 미심쩍어서⋯⋯."

차관 또한 미심쩍은 표정이었다.

"그게 말이 되나? 미래를 예측한다는 게. 뭐 그런 거 신봉하는 신비주의자들이야 멀리 갈 거 없이 이곳 페테르부르크의 귀족사회에도 흔해 빠졌지만, 외교관인 우리가 그런 걸 믿을 수야 있나?"

"그래서 제가 청의 스파이가 아닌가하고 의심했습니다만, 그것도 아닌 것이 분명합니다. 무엇보다 스파이가 뭐가 아쉬워서 자신들에게 유리한 내용을 제게 알려주겠습니까?"

"따로 조사는 해 봤나?"

"제가 아는 바는 조선 국왕의 사절을 자처하고 프리모르스키에 왔다는 것, 그리고 그 능력에 감탄한 부세 박사가 조선에 대한 강의를 맡기고자 데려왔다는 정도입니다."

"자네가 한 말 중 조선 국왕이 수교를 긍정적으로 검토하고 있다는 건 쓸 만하군. 근데 그것도 영국이 어떻게 나서는지 보고 움직여야⋯⋯. 그래, 보고할 것은 이게 다인가?"

"네, 각하."

"좋아, 물러가도록 하게. 조선에 대해선 내 좀 더 생각해 보도록 하지."

한편, 조약 내용을 알 수 없는 외부인인 유진은 부세의 자택에서 별 일 없다는 듯이 기다리고 있었다. 돌아오는 길에 부세는 '농담이면 그럭저럭 재미있었지만, 진지하게 한 것이라면 두 번 다시 그러지 말라'고 했다. 사실 합리적인 근대 지식인이라면 점술이나 예언 같은 것은 당연히 믿지 않을 것이었고, 유진은 그런 반응을 당연하게 여겼다. 자신이 이 사람들 입장이라면 당연히 허황되게 받아들일 터였다.

그래도 내심 좋은 소식이 오기를 차분히 기다리고 있었다. 이대로 예언이니 점술이니 운운하는 허황된 동양인 취급을 받고 싶지 않았다.

"유리 알렉산드로비치, 잠시 내려와 보시오! 외무부의 베베르 선생이 찾아오셨소."

드디어 '좋은 소식'이 온 모양이었다. 베베르의 갑작스러운 방문에 부세도 적잖이 놀라는 눈치였다.

응접실에 자리를 앉자마자, 베베르는 다짜고짜 따지듯이 물었다.

"어제 러시아와 청국 간의 조약이 맺어졌소. 알고 있

신
조
선
책략

었습니까?"

"아뇨, 지금 처음 듣습니다."

"정말이오?"

"정식으로 공표되지도 않은 조약을 민간인인 제가 무슨 수로 알겠습니까?"

유진의 타당한 지적이었다. 조약 내용이 궁금하긴 그 자신도 마찬가지였던 것이다.

"조약 내용은 어떻든가요?"

"놀랍게도 당신이 말한 것과 거의 차이가 없었소. 대체 어떻게 된 겁니까? 혹시 청국 공사와 무슨 관계가 있다거나 하는 건 아니겠지요?"

"하하, 제가 예언이라고 말씀드리지 않았던가요?"

유진이 빙긋 웃으면서 말했지만 베베르는 여전히 못 믿겠다는 눈치였다.

"결과적으로 선생 말이 맞기는 했소이다만, 난 아직도 못 믿겠소. 대체 어떻게 알 수 있었소? 솔직히 말해 주시오."

"솔직히 말씀드리자면, 저는 점술이니 예언이니 하는 것에 대해서 아는 바가 거의 없습니다. 최근 있었던 사실들을 조합해서, 제 나름의 예측을 내놓은 것이지요. 말하자면 예언보다는 귀납적 추론에 더 가깝습니다."

유진은 솔직하게 털어놓았다. 그리고 1878년 베를린 조약 체결에 대해서, 영국과의 대립에 대해서, 최근 국제 정세의 변화에 대한 자신의 생각을 정리해서 예측한 것이지, 점술이나 예언에 영역의 것이 아니라고 설명했다.

"이제 납득이 가오. 하나 정치인도 외교관도 아닌 젊은 그대가 어떻게 그렇게까지 노련하게 정세를 예측할 수 있는지, 정말 대단한 일이오."

베베르는 예언이 아니라 추론이라는 말에 더 감탄한 것 같았다.

"과찬이십니다."

"부세 박사에게 당신의 이야기에 대해 조금 들었소. 러시아 국적이고, 상트페테르부르크 대학 동양학부를 다녔다면서요? 나도 거길 졸업했소, 벌써 16년 전 일이지만. 그리고 그 후에는 외무부 아시아국에서 근무하고 있지. 내 생각에 당신은 유능한 외교관이 될 수 있을 것 같소. 어떻소, 일단 대학으로 돌아가 학업을 마치는 것이? 그리고 외교관 시험에 응시하도록 하시오. 당신을 적극 추천하도록 하겠소."

'조선학 강사 다음은 외교관인가? 입신 출세가 목전이로군.'

신
조 선
책략

베베르는 유진이 아주 마음에 든 것 같았다. 그의 적극적인 권유에 유진은 잠시 흔들렸지만, 겸손히 사양의 뜻을 밝혔다.

"고마운 말씀입니다만, 전 태어난 조국인 조선을 위해서 일해 보고 싶은지라……."

"당신을 교육시킨 조국인 러시아를 위해서 일하는 것도 좋은 일 아니오? 조선의 국익과 러시아의 국익 모두에 부합하는 일을 하면 될 것 아니겠소. 당장 결정할 일도 아니니, 천천히 생각해 보시오. 난 외교관이 당신의 재능을 살릴 수 있는 천직이라 생각하오."

$$* \qquad * \qquad *$$

베베르가 떠난 이후, 부세는 놀라운 표정으로 유진에게 비결을 물었다. 유진은 베베르에게 한 말을 되풀이했다.

"내가 역시 사람은 잘 봤지. 딱 봐도 재능이 많다는 게 느껴졌다니까."

"다들 저를 너무 띄워 주시는군요."

유진은 가볍게 웃으면서 자리를 떴다. 요 몇 년 사이에 자신을 높이 평가하는 이들이 여럿 생기고, 능력을 발휘해 보라는 제안이 오는 것을 연달아 겪으면서 자신의 능력에 대한 자부심이 없잖아 생긴 것은 사실이었다.

'근데, 난 뭘 하고 싶은 거지?'

대학 교수가 되었건 외교관이 되었건 상상도 못할 출세였다. 예전 같았으면 기쁘게 받아들였을 것이다.

한데 무엇 때문에 이러지도 저러지도 못하는 것인가?

'원하는 것이 조선의 개혁인가, 자주독립인가, 민중해방인가, 세계 혁명의 승리인가?'

유진은 침대에 누워 천장을 쳐다보았다.

지난 1년은 그야말로 정신없는 변화의 연속이었다. 페테르부르크에서 극동으로, 다시 조선으로, 다시 페테르부르크로. 삶의 목표를 가졌다고 스스로에게 말하곤 하지만 뚜렷한 목적의식 없이 부유하는 느낌이었다.

'나도 모르겠다.'

유진은 자신도 모르는 사이에 페테르부르크 시내를 걷고 있었다. 정처 없이 거리를 걷고 걷던 중 한 무리의 행렬을 보았다. 그들은 환호하며 열렬히 외치고 있었다.

—황제 폐하 만세! 제국 만세!

기묘할 정도로 화려하게 치장한 마차가 다리 위를 지나가고, 거구의 황제는 백마를 타고 신민들의 환호를 받고 있었다.

조선책략

그때였다. 어디선가 불쑥 한 사내가 튀어나오더니, 무언가를 집어 던졌다.

—차르에게 죽음을!

그것은 폭탄이었다.

거대한 굉음과 함께, 차르와 주변에 있는 사람들이 산산조각 났다. 유진은 충격에 휘말려 운하 속으로 튕겨 들어갔다. 그리고는 끝도 없는 어둠 속으로 그대로 잠겨 버렸다.

'뭐야, 꿈인가……'

눈이 뜨자 방 안이었다. 유진은 머리를 흔들었다. 꿈 치고는 마치 직접 눈으로 본 듯한 생생함이었다.

'왜 이런 꿈을 꾼 거지?'

지난 몇 년 사이에 이른바 '인민의 의지'라고 하는 급진주의자들의 테러는 수차례 있었고, 그 최종 목표는 차르였다. 그들은 공공연히 전제권력의 수괴, 차르를 '사냥'할 것이라고 공공연히 도전장을 보냈다. 얼마 전에는 겨울궁전의 식당에 폭탄을 설치하여 하마터면 황족이 전멸당할 뻔했다. 단지 폭탄이 예정보다 일찍 폭발하여, 수많은 황궁 직원들이 희생되는 것으로 끝났다. 대제국을 다스리는 신의 대리인, 차르가 사냥감처럼 몰려 도망 다니는 기이한 상황이었다.

직접 보지는 않았지만 그 끔찍한 현장을 담은 삽화를 신문에서 본 적이 있었다. 아마 그때의 충격이 무의식으로 남아 꿈으로 나온 것일 거라고, 유진은 스스로 자문자답했다.

"왜 그래요, 외젠? 어디 아파요?"

유진이 계속 심각한 표정으로 담배만 피고 있자 예카테리나가 걱정스러운 어조로 물었다. 근래 예카테리나와는 몇 차례 더 만남을 가지고 대화를 나누기도 하면서 가까워지고 있었다. 오늘도 그녀가 밖에서 산책이나 하자고 해서 불러낸 것이었다. 유진은 간밤에 꾼 꿈이 찝찝했지만, 그녀의 호의를 거절할 수는 없어 집 밖으로 나왔다.

"왜요, 무슨 생각을 그렇게 골똘하게 해요?"

"아, 인류의 역사는 반드시 진보하고, 민주주의가 승리하는 것이 당연한 귀결이 아닐까 해서요. 하나 폭력만으로는……."

유진은 고민하던 바를 생각의 정리도 없이 막 내뱉었다. 테러에 대한 상념이 유진을 지배했던 것이었다. 혁명의 승리와 민주공화국의 수립은 유진의 내면 한곳에 숨겨져 있는 욕망이었다. 그런데 그것이 권력자에 대한 테러로 어떻게 이뤄질 수 있단 말인가?

"네?"

"아뇨, 아무것도 아닙니다. 그냥 잊어 주세요."

유진은 예카테리나의 의아한 표정을 보고서야 아차 싶었다.

"흐음, 오늘 외젠은 재미없네요. 언제나 날 흥미롭게 해 주더니."

예카테리나는 토라진 듯이 말했다.

"카챠, 음, 내가 간밤에 꿈을 꾸었는데……."

"꿈이요? 무슨 꿈인데요?"

"그게 참…… 이야기로 하기가 뭐해요."

"에이, 뭐예요. 이야기 꺼내 놓고선 재미없게. 원래 꿈이란 게 다 황당한 거잖아요. 설명해 봐요."

유진은 말을 내뱉고 괜히 했다는 후회가 들었지만 그 녀의 재촉에 결국 간밤에 꾼 꿈 이야기를 했다.

"아, 끔찍한 꿈이네요."

"그렇죠?"

"외젠의 말대로 황궁에 대한 테러 기사를 읽고 무의 식적으로 그게 꿈으로 나타난 것이겠죠. 그 기사는 저 도 읽었어요. 전 정말 이해가 안 되는 게, 어떻게 테러 로 세상을 바꿀 수 있다고 생각하는 거죠? 세상을 바꾸고 싶다면 다른 방법이 있지 않을까요? 본인의 목숨까지 걸고 타인을 죽이려 한다는 것이 이해가 되지 않네요."

예카테리나는 단호하게 테러를 비판했다. 테러의 방식에는 동의하지 않지만, 유진은 혁명운동에 대해서는 변호하고 싶었다.

"이 나라에선 정치적 반대를 표현할 방법이 없어서이기도 하지요. 서유럽과 비교해 봐요. 러시아 국민에게는 아무런 정치적 권리도, 경제적 보장도 없잖아요."

"세상이 바뀌어야 한다는 것은 저도 동의해요. 러시아는 아직 갈 길이 멀죠. 그렇다고 해서 폭력이 정당화되는 건 아니에요. 권력이 폭력으로 누른다고 해서 폭력으로 대항하는 건 현명하지 못한 방법이에요."

유진은 그녀와 견해의 차이를 느꼈으나, 굳이 이런 일로 논쟁을 하고 싶지는 않았다. 굉장히 포용력이 넓고 호기심이 많다고는 하지만 예카테리나는 귀족가의 딸이었고, 자신과는 살아온 과거도 앞으로 살 미래도 다를 터였다.

"외젠의 꿈이 현실로 안 나타나길 바라야겠네요."

"설마 그러겠어요? 꿈은 꿈일 뿐이니 그냥 잊으려고요."

유진은 웃으면서 별 생각 없이 답했다.

하나 현실은 때론 꿈보다 놀랍다는 것을 머잖아 깨닫게 될 것이었다.

*   *   *

1881년 3월 1일(3.13). 이날 오전 차르 알렉산드르 2세는 내무대신 미하일 로리스—멜리코프(М. Т. Лорис—Меликов) 백작을 접견하여, 그가 제시한 개혁안에 동의를 표했다. 개혁안은 향후 행정 및 재정개혁을 심의할 때 임명되거나 선출된 대중의 대표를 참여시켜 자유주의자들의 요구를 일정 부분 받아들이자는 것이었다. 말하자면 완전한 전제군주정인 러시아에 최소한의 대의제적 장치를 두자는 것이었다. 이는 헌법 제정의 첫 단계가 될 수도 있었다.

지식인들이 놀라울 정도로 차르와 제정에 대한 거부감을 가지고 있다는 것은, 지난 몇 차례의 테러와 파업, 시위로 인해 차르도 절감하고 있는 터였다.

차르는 혁명파들의 테러는 단호히 제압하되, 개혁파들의 요구를 일정 부분 받아들여 그들을 잠재울 온건한 조치가 필요하다는 내무대신의 의견에 동의했다. 차르

는 구체적인 법안을 만들 위원회를 구성하라고 명령하
고, 예정대로 황궁을 나섰다.

"폐하, 기분이 어떠십니까?"

"아주 좋군. 그동안 쌓아 났던 문제를 마침내 해결한
느낌이네."

시종장의 관례적인 물음에 차르는 상쾌하다는 듯이
대답했다.

올해 63세로 재위 26년째를 맞이하는 알렉산드르 2
세는, 농노 해방으로 '해방자' 차르라는 칭송을 얻은
터였다. 그의 재위기간 동안 국가는 근대화되었고, 영
토는 크게 늘어났지만 신민의 삶은 여전히 고달팠고,
'아버지 차르'의 은혜도 모르는 반역자들은 번번이 그
에게 반기를 들었다.

하나 이제는 달라질 것이다. 차르가 양보를 하면 소
수의 극단주의자를 제외하면 모두 만족하지 않겠는가?
차르는 20년 전 농노해방령처럼, 이번의 개혁도 통치
의 큰 변화를 줄 사건이 되리라 생각이 들었다.

차르는 매주 일요일마다 카자크 부대의 사열식을 보
는 습관이 있었다. 수차례의 테러와 계속되는 테러 위
협에도 불과하고, 차르는 불과 12명의 카자크 근위대만
이 자신의 마차를 호위하게 했다.

상트페테르부르크는 늪지대 위에 건설된 도시였고, 수많은 운하가 이 도시의 상징이었다. 차르의 마차는 늘 그렇듯이, 궁전을 나와 예카테리나 운하를 가로지르는 다리를 건넜다. 이 다리를 건너는 길은 넓지 않았다.

상트페테르부르크 시민들은 차르의 마차가 지나갈 때마다 깊은 존경심을 드러내며 남자는 모자를 벗었고 여자는 손수건을 흔들었다. 차르는 신민의 충성스러움에 만족했고, 어떤 여인이 마차의 창문 너머로 흰 손수건을 흔드는 모습을 보자 오른손을 들어 답례했다.

바로 그때였다.

잠시 머뭇거리던 군중 속의 한 청년이 흰 수건으로 감싸진 물체를 꺼내더니, 차르의 마차를 향해 집어 던졌다.

쾅!

포탄이 떨어지는 듯한 폭음과 함께 엄청난 충격이 마차를 덮쳤다. 갑작스러운 굉음에 말들은 난리를 치고, 파편을 맞고 부상당한 호위병들이 말에서 떨어져 신음을 했다.

"폐하, 폐하! 옥체 무사하십니까!"

경찰청장이 다급한 목소리로 마차를 두드렸다.

"짐은…… 괜찮다. 호위병들은 괜찮은가?"

갑작스러운 폭탄 투척에 마부와 마차를 호위하던 근위대 몇 명은 중상을 입었지만, 정작 차르는 멀쩡했다. 프랑스의 전 황제 나폴레옹 3세가 선물한 방탄용 마차가, 폭탄의 충격을 흡수했던 것이다.

극도의 혼란 속에서, 폭탄을 던진 이는 달려든 경찰과 군중에 의해 제압된 터였다. 실패를 직감한 그는 목청껏 외쳤다.

"압제자 차르에게 죽음을! 자유 만세, 러시아 공화국 만세!"

"방금 그 반역자를 잡은 것 같습니다. 폐하, 하나 이곳은 안전하지 않습니다. 어서 황궁으로 돌아가셔야 합니다!"

경찰청장의 다급한 요청에도 불구하고, 차르는 느긋했다.

"그게 무슨 소리인가. 짐으로 인해 부상자가 이렇게 많이 발생했는데 짐이 그냥 떠나서야 되겠는가. 그리고 그 대담한 반역자의 얼굴도 보고 싶군."

자비롭지만 상황 파악을 못하는 차르의 여유에 청장은 더욱 황급한 어조로 말했다.

"폐하, 반역자의 잔당이 있을지도 모릅니다. 뒷수습은 저희에게 맡기시고 부디 황궁으로 돌아가심이……."

신조선책략

차르가 끝내 마차 문을 열고 내리려는 고집을 부리는 순간, 그 아비규환의 혼란 속에서도 냉철히 다음 준비를 노리는 사람이 있었다. 두 번째 공격자였다.

＊　　　　＊　　　　＊

그 전날, 유진은 차르의 사열식 방문에 대한 기사를 읽고 새삼스레 호기심이 동했다.

차르의 초상화와 사진이라면 학교 다니던 시절부터 신물 나게 봐 왔으니 특별히 보고 싶은 것도 아니었다. 대학을 다니던 시절에 차르와 고관대작의 행렬을 보았던 적도 있었다. 멀찌감치 떨어져 고개를 숙여야 해서 제대로 보지는 못했지만.

며칠 전 꾸었던 그 생생한 꿈이 계속 신경의 잔상 속에 남아 있어서였다. 부쩍 가까워진 예카테리나는 유진의 그 말을 듣고 웃으면서 함께 가자고 했다.

"외젠은 의외로 꿈이 신경이 쓰이나 보이네요. 별 일 없을 테니까, 같이 가요. 운하를 따라 산책도 좀 하고요."

3월 1일 일요일, 유진과 예카테리나는 함께 산책을 했다. 그녀의 이름과 같은 차르 예카테리나의 이름에서 따온 예카테리나 운하에 이르자, 수많은 사람들이 모여 있었다. 카자크 기마병들이 군중이 선을 넘지 않도록 주변을 경계하고 있었다.

"곧 폐하의 마차가 지나가는 모양이네요."

그 말이 끝나기 무섭게, 차르의 행렬이 운하 사이에 놓인 다리를 지나 가깝게 접근하기 시작했다. 사람들은 차르에 대한 예를 갖추며 고개를 숙였다.

유진은 다소 무엄하게도, 모자는 벗었지만 고개는 숙이지 않고 차르의 행렬을 지켜보고 있었다. 그토록 가까운 거리에서 본 것은 이번이 처음이라 호기심이 앞섰던 것이다.

바로 그때, 원형의 물체가 마차를 향해 던져졌고, 곧이어 엄청난 굉음이 터져 나왔다.

쾅!

다리 주변은 순식간에 아비규환으로 변했다. 자욱한 연기 속에서 비명 소리와 신음이 이어졌다. 간신히 정신을 차린 유진은 거센 기시감을 느꼈다. 마치 꿈속의 그 장면이 현실로 이어진 것이었다.

"카챠, 카챠! 괜찮아요? 다친 데 없죠?"

"콜록콜록……. 전 괜찮아요. 외젠은요?"

"저도…… 어?"

유진은 정신을 차리자마자 곁에 있는 카챠의 안위를 살폈다. 다행히 무사한 것을 확인하고 고개를 돌린 순간, 바로 근처 있던 회색 코트를 입은 사내의 행동이 수상스러웠다.

사내는 검은색 병을 다리 난간에 부딪혀 충격을 주더니, 이윽고 그것을 투척하려 하였다.

"무슨 짓이야!"

경찰들조차도 신경 쓰지 못했던 찰나의 순간, 유진은 회색코트의 사내를 덮쳤다. 갑작스럽게 기습을 당한 사내는 병을 빼앗기지 않으려고 힘을 썼으나 유진의 행동이 한 발 더 빨랐다.

"빌어먹을, 이거 놔라!"

유진은 그의 손에서 병을 잡아챘다. 이것이 폭탄이라는 것을 직감한 유진은, 난간에 두드린 방금 그 행동이 폭탄의 뇌관을 발화한 것이라는 걸 깨달았다. 그야말로 곧 터질 시한폭탄이었다.

"제길, 신이시여!"

평상시엔 믿지도 않는 신을 향해 유진은 간곡한 외침을 보냈다. 유진은 있는 힘껏 힘을 다해 다리 건너 운하를 향해 폭탄을 던졌다. 사람들에게 피해를 주지 않으려면 그 방법밖에 없었다.

폭탄이 수면에 도달하자, 꿩음과 함께 물기둥이 치솟아 올랐다. 순간적인 충격 앞에서 유진은 제자리에 털썩 주저앉았다.

※   ※   ※

이윽고 이어진 혼란의 상황 속에서, 유진은 어이없게도 경찰에 체포되었다. 혼란스러운 상황 속에서, 경찰들이 보기에 마지막으로 폭탄을 던졌던 것은 분명 유진이었던 것이다. 경찰은 유진을 덮쳤고, 그를 제압하고 수갑을 채웠다.

유진의 곁에 있던 예카테리나는 필사적으로 그가 범인이 아니라 오히려 그들 모두의 구원자임을 경찰에게 설명하려 했지만, 경찰은 그녀도 밀쳐 버리고 문답무용으로 그를 체포해서 마차에 태웠다.

"외젠! 외젠!"

예카테리나의 다급한 외침을 뒤로 하고, 유진은 경찰에 둘러싸인 채 검은 마차에 올라탈 수밖에 없었다.

유진은 끌려와서 6시간을 유치장에 갇혀 있었다.

그는 그 시간 동안 어이가 없다 못해 기가 막혔지만 독방에 갇혀 있어서 별도리가 없었다.

마침내 유진은 아무런 치장조차 되지 않은 작은 방에 불려 갔다. 벽에 걸려 있는 것은 오직 차르의 초상화뿐이었다. 그것이 더 위압적인 느낌을 주었다. 일반적인 경찰과는 다른 것 같았다.

'혹시 이곳이 그 악명 높은 비밀경찰인가.'

자리에 앉자마자, 유진은 따지듯이 물었다.

"여기가 어딥니까? 제가 왜 체포된 거죠?"

"질문은 제가 하고, 답변은 당신이 합니다. 이것이 여기의 규칙입니다. 자, 그럼 시작해 보죠. 당신은 조선 사람이라고 하던데, 러시아 입국 목적이 뭐죠?"

자리에 앉은 사내는 웃음기 하나 없는 얼굴로 말을 시작했다.

"대답하지 않겠습니다."

"뭐요?"

"제 혐의가 뭡니까? 아무리 비밀경찰이더라도, 영장은 없더라도 이유 정도는 알려 줘야 하는 거 아닙니까? 나를 수사하는 당신은 누구며, 법적인 근거는 있습니까?"

유진의 항변에, 사내는 어이없다는 듯이 피식 웃더니 말했다.

"그렇소, 당신 말처럼 여긴 비밀경찰이오. 내무부

공안국은 제국과 황실에 대한 모든 위협을 차단할 필요가 있소. 근데 중요한 건 당신은 피의자고, 우리에겐 피의자를 심문할 권리가 있소. 당신을 함부로 대하지 말라는 명만 없었더라면, 이렇게 점잖게 대우하는 일도 없었을 거요. 다시 시작합시다. 입국 목적이 뭐요?"

"피의자라…… 대체 무슨 피의자입니까? 전 여러 사람의 목숨을 구한 공로자면 공로자지, 피의자는 아닌 것 같은데요?"

"이봐, 질문은 우리가 하고 답변은 네가 하는 게 이곳의 규칙이라고 하지 않았나!"

계속 뻗대는 유진의 태도에 옆에 서 있던 건장한 사내가 높임말 빼고 소리를 질렀다.

생전 처음 받는 경찰 조사에 유진은 내심 공포도 느꼈지만, 이럴수록 더욱 당당하게 나서야 얕보이지 않을 터였다.

"나는 죄가 없으니 이런 부당한 대우를 받을 이유도 없습니다. 나를 마치 첩자 대하듯이 대하는데, 명백한 증거라도 있는 것이겠지요?"

"이놈이 정말!"

앉아 있던 사내는 손을 들어 부하를 밖으로 내보내더

니, 이윽고 냉정한 어조로 말했다.

"김유진 씨, 이 이름 맞지요? 여권도 없으니 당신의 정확한 이름도 알 수 없겠지만. 몇 시간 동안 당신에 대한 조사는 이미 해 두었소. 당신이 표도르 부세 박사의 집에 머무른다는 것, 그리고 조선 왕의 사절을 자처해서 몇 사람 만난 것 말고는 알 수 있는 게 없더군요. 당신이 러시아에 오기 전에 뭘 했는지는 더더욱 알 수 없고. 하나, 당신은 존재 자체가 수상하오. 우리나라와 당신네 나라는 국교가 없소. 근데 당신은 여기서 뭘 하는 거요?"

"저는 조선 국왕 전하의 사신으로서 러시아 제국과의 수교 가능성에 대해 논의하기 위해……."

사내는 유진의 말허리를 끊었다.

"끝까지 거짓말을 할 생각인가 보군. 설마 우리가 당신 정체를 알아내지 못했으리라 생각하는 건 아니겠지? 유리 알렉산드로비치 김, 1858년 생, 극동 출신, 상트페테르부르크 제국대학 동양학부 중국—만주학과, 육군 사관후보생, 수차례 학내 급진파 조직들과 접선한 흔적이 있음. 1880년 초 종적을 감췄다가 1881년 1월에 조선의 사절을 자처하며 다시 등장……. 당신이 수상한 구석이 많긴 해도, 이 정도 알아내는 건 우리에게 별로 어려운 것도 아니라오, 유리 알렉산드로비치."

"저 같은 미미한 인간의 신상도 알아낼 정도로 제국 경찰은 대단하군요."

유진은 그렇게 짧은 시간 동안 자신에 대해 모든 걸 밝혀낸 비밀경찰의 정보력에 충격을 받았지만, 곧 평정을 되찾았다.

"그럼 다시 시작해 볼까. 왜 정체를 감추고 있었나? 반역자들의 테러 음모를 미리 알고 있었나? 어떻게 폭탄이 터질 줄 알고 바로 그 옆에서 덤벼든 거지?"

"제 정체를 숨긴 건 개인적인 사유였습니다. 그게 죄라면 인정하지요. 한데 폭탄 투척을 막은 것이 체포된 사유라면, 이해를 못하겠습니다. 오히려 전 황제 폐하를 비롯해서 여러 사람의 목숨을 구한 공로자 같습니다만."

"맞아, 정확해. 우리도 목격자들의 증언은 이미 확보했네. 그에 따르면 그대는 분명히 공로자이지. 한데 그것도 짜고 친 행동일 수도 있지 않나? 혹은 첫 번째 테러가 실패하는 걸 보고, 네가 배신한 것일 수도 있고."

비밀경찰의 말도 안 되는 억측에 유진은 기가 막힐

신
조선
책략

지경이었다.

"그때 저는 그저 우연히 범인의 곁에 있었을 뿐입니다. 그리고 순간적으로 저걸 막아야겠다는 생각만 들었던 것뿐이고요."

이후 한 시간에 걸쳐 사내는 강도 높게 지난 1년간의 행적에 대해 물었다.

조선 입국 여부, 조선 국왕의 명령, 연해주에서의 행적, 상트페테르부르크에서의 인간관계, 특히 지난 한달간의 행적을 집중적으로 추궁했다. 유진은 속일 것도 없다고 판단하여, 자기가 만들어 낸 조선 국왕의 명령에 대한 부분은 빼고 있는 그대로 말해 주었다.

"좋아, 마지막으로 묻지. 너는 대학 다니던 시절 급진주의자들과 어울리지 않았나? 폐하께서 반역자들의 폭탄에 맞아 돌아가신다면, 오히려 그게 바라던 일이 아니었나?"

"넘겨짚지 마십시오. 제가 혁명을 원할진 몰라도, 눈앞에서 폭탄이 터져서 사람들이 죽어 나가는 걸 보고 즐거워할 정도로 미치진 않았습니다. 제가 폭탄을 뺏어서 운하를 향해 던진 게 죄라면 죄를 받겠습니다만, 전 맹세코 양심에 어긋나는 짓은 한 적이 없습니다."

유진의 진지하면서도 단호한 말에 사내는 피식 웃더

니, 무언가를 써 내려가던 옆의 종이에다가 마지막 문장을 적었다.

다시 이틀을 어딘지도 모를 건물의 유치장에서 보낸 유진은 환장할 지경이었다.

끼니 때마다 던져 주는 밥을 먹는 걸 제외하면 아무것도 할 수 없었다. 아무것도 할 수 없다는 게 이토록 환장할 일이란 건 처음 깨달았다. 하다못해 책이라도 읽으면 견딜 만할 텐데, 유치장 안에는 아무것도 없었다. 오직 생각만 할 수 있었다.

정보가 막혀 있다 보니 차르가 살았는지도 죽었는지도, 또 자신이 체포된 이유가 무엇인지도 알 수가 없었다. 추정해 본 결과는 차르는 이미 죽었고, 폭탄을 던져 버린 그가 재수 없이 테러리스트와 한패로 몰린 것이었다.

'상은 받지 못할망정 체포라니. 차라리 그때 폭탄을 던지게 내버려 둘 걸 그랬나.'

만약 '인민의 의지'와 한패로 몰린다고 친다면, 사형은 피할 수 없을 터였다. 기가 막힐 일이었지만, 유진은 왠지 이 모든 일이 웃겼다.

'이대로 죽으면 그냥 꿈이었다고 생각할 수 있을까?'

꿈치고는 더럽게 긴 악몽이군, 하고 유진은 씁쓸하게 웃었다.

자신의 과거와 앞날에 대해 온갖 생각을 궁상맞게 하던 유진은 마침내 자신을 부르는 소리에 정신이 들었다. 그때 자신을 조사했던 그 사내였다.

"따라오시오."

영문도 모르고 마차에 오른 유진은, 이윽고 어딘가 웅장해 보이는 건물에 도착했다.

자신을 안내하던 비밀경찰은 사라지고, 점잖게 생긴 중년의 사내가 그를 맞았다.

지금과는 질이 다른 훌륭한 식사를 제공 받은 후에, 화려한 타일이 장식된 목욕탕에 들어가 사우나까지 하고 나왔다. 그리고 옷감에 대해 잘 모르는 유진이 봐도 고급스러운 연미복을 제공 받았다. 다만 구두 사이즈가 좀 커서 걷기가 불편했다.

'뭐야, 이거. 총살당하기 전에 마지막으로 인생의 영화나 누려 보라 이거냐.'

지난 며칠과 너무나 다른 태도에 유진은 오히려 겁이 날 지경이었다.

'근데 설마 아무리 차르가 죽었어도 재판도 없이 죽이거나 하진 않겠지?'

중년의 남자는 아무 말 없이 유진을 앞에 서서 인도
했다.

유진은 회랑을 따라 걸으며 벽을 장식한 화려한 조
각과 그림들을 보며 감탄하면서도 어딘가 낯익은 모습
이란 생각이 들었다. 상트페테르부르크에 자기가 와
본 건물은 몇 개 되지 않은데, 왠지 모르게 낯이 익었
다.

한참을 따라 걷던 유진은, 중년의 남자가 어느 방 앞
에 멈춰 서는 걸 보고 따라 멈췄다. 방 앞에는 두 명의
제복 차림의 병사가 한 손에는 총을, 한쪽에는 칼을 차
고 서 있었다. 체격도 건장해서 위압감을 느낄 정도였
다.

이윽고 두 병사는 거대한 문을 열었다. 문이 열리는
순간, 시야 건너편으로 비치는 화려한 황금빛의 방 때
문에 순간 유진은 손으로 얼굴을 가릴 정도였다.

넓은 홀은 인간이 생각할 수 있는 가장 화려한 모습
이었다.

유진은 잠시 넋을 잃고 방을 쳐다보다가, 자신에게
따라오라는 눈짓을 보내는 중년사내에게 이끌려 걸었다.

홀의 양쪽에는 제복 차림의 사내 몇 명이 서 있었고,
맞은편 끄트머리에는 한 사내가 뒷짐을 진 채 고개를 돌

리고 있었다.

천천히 걸어가던 중년 사내는 거리가 가까워지자 무릎을 꿇고, 유진을 향해서도 무릎을 꿇을 것을 눈짓으로 알렸다. 유진이 무릎 꿇자, 절대 말을 하지 않을 것 같던 사내가 입을 열었다.

"폐하, 만수무강하소서."

그 말에 유진은 저도 모르게 고개를 들었다. 초상화나 사진으로 보던 풍성한 구레나룻을 가진 차르의 모습이 눈에 들어왔다.

*   *   *

3월 1일, 차르 알렉산드르 2세는 거의 죽음의 문턱에 이르렀다. 아마 정체 모를 동양인의 개입이 아니었더라면 두 번째 폭탄은 '인민의 의지' 당원의 뜻대로, 차르에게 정통으로 명중했을 터였다. 그리고 재위 26년을 끝으로 저승길에 올랐을 터였다.

두 번이나 공격 시도가 있자, 차르도 육체는 멀쩡했지만 거의 정신을 놓은 터였다.

정신을 차려 보니 문자 그대로 아비규환이었다. 군중은 비명을 지르며 절규했고, 경찰도 갑작스러운 사태에 당혹해하며 수상한 자들을 향해 칼을 빼 들고 있었다.

이때, 충실한 근위병 하나가 차르를 다시 마차에 태우고 마차 위에 올라 굉음에 놀라 발이 떨어지지 않는 말을 채찍으로 쳐 가며 마차를 몰았다. 마차는 지체 없이 길을 빠져나왔고, 궁성을 향해 달려갔다.

차르는 이렇게, 자신을 노린 다섯 번째 테러에도 살아남았다.

"폐하! 하느님의 가호로 무사하심을 감축드립니다. 그리고 이런 망극한 일을 미리 막지 못한 제 무능함을 통감하고 사죄드립니다."

황궁에 돌아온 차르는 제일 먼저 내무대신을 불렀다. 내무대신 로리스—멜리코프 백작은 사색이 된 표정으로 차르를 알현했다.

"결국 이번에도 살아남았군. 경의 말처럼 참으로 하느님의 가호가 아닐 수 없소. 짐이 이 세상에서 할 일이 끝나지 않았다는 것을 하느님께서 알려 주신 게지."

차르는 더 이상 자신에 대한 테러를 용납할 수 없었다.

테러는 단순히 자신의 목숨을 노린 것이 아니라, 러시아 제국과 로마노프 왕조 그 자체를 타도하려는 끔찍한 음모였다.

"내무대신, 사과는 필요 없고, 즉시 테러 조직을 뿌리 뽑으시오. 더 이상 테러리즘을 용납할 수가 없소."

차르는 더 이상 자신에 대한 테러를 용납할 수 없었다. 테러는 단순히 자신의 목숨을 노린 것이 아니라, 러시아 제국과 로마노프 왕조 그 자체를 타도하려는 끔찍한 음모였다.

"예! 수도의 모든 경찰력을 동원하여 역도들을 발본색원하겠습니다."

황급히 복명한 내무대신이 물러나려하자, 차르는 그를 붙잡았다.

"아, 그리고……."

"예, 폐하. 하명하십시오."

"오늘 테러를 제압하는 데 공헌한 동양인이 있었소. 일단 경찰이 잡아 간 모양인데, 짐이 직접 만나서 물어보고 싶소."

"오늘 일을 막은 동양인이요? 알겠습니다."

그 아리송한 명령에 내무대신은 기묘함을 느꼈지만 차르의 명대로 했다.

내무대신은 혁명 조직 적발을 진두지휘하면서 한편으로는 크로운 제독, 외무부 관료 베베르, 그리고 지리학자 부세를 거쳐 유진의 정체를 알아내고 휘하 공안국 요원들에게 조사할 것을 명했다. 차르가 직접 데려오라고 했다지만, 정체도 모르는 수상한 자를 조사도 없이 차르에게 데려갈 수는 없었다.

테러 현장에서 잡혀 온 자들을 통해 혁명 조직이 속속 체포되는 동안, 내무장관은 그 수상한 동양인에 대해 올라온 보고서를 읽었다. 유진을 직접 조사한 요원은 조사 내용을 정리하고, 마지막에 자신의 의견을 첨부했다.

무혐의.

*   *   *

"신의 은총에 의해, 전 러시아의 황제이시자 전제군주, 폴란드의 왕, 핀란드와 리투아니아의 대공, 에스토니아의 공작, 카프카스 제후들의 군주……."

"아, 그만. 정식으로 외교사절 만나는 자리도 아닌데."

차르는 귀찮다는 듯이 손을 들어 그의 직함을 끝없이 늘어놓는 궁정관의 입을 막았다.

"그대가 자칭 조선 국왕의 사절인가? 그래, 이름이

신조선책략

뭐라고?"

'뭐야, 살아 있었잖아!'

너무나 갑작스러운 상황 변화에 놀라움을 금치 못하던 유진은 사람들의 시선에 그때서야 정신을 차렸다.

"김유진이라 하옵니다, 폐하. 러시아 이름은 유리 알렉산드로비치 김입니다."

관례대로 유진의 말을 시종이 차르에게 전했다. 귀족도, 관료도 아닌 유진은 감히 차르에게 직접 말을 할 권리가 없었던 것이다.

"동양 이름은 짧군. 짐이 그대에게 묻고 싶은 것이 있어 불렀네. 아, 자리에서 일어서도 좋다."

유진은 천천히 자리에서 일어섰다.

"짐이 보고서로도 읽고, 이야기로도 들었지만 아직도 잘 이해가 안 되네. 그대는 어떻게 짐을 노린 그 불측한 시도를 막을 수 있었나?"

"폐하, 음……."

생전 처음 서는 자리에 유진은 긴장감을 느꼈다.

황제에 대한 알현 같은 건 상상도 해 본 적이 없었다. 더욱이 차르가 사용하는 프랑스어는 너무 고풍스러워서 알아듣기도 쉽지 않았다.

"부담 갖지 말고 말하게."

차르는 시종을 물리고, 유진이 직접 말할 수 있도록 하였다.

"그저 운이 좋았을 뿐입니다. 저는 마침 테러범의 바로 근처에 서 있었고, 그가 폭탄을 투척하려는 것을 보고 그것을 빼앗아 운하를 향해 던졌을 뿐입니다."

"그 덕에 짐의 목숨도 구했다. 마땅히 그대의 큰 공이라 해야 할 것이다."

"아닙니다. 폐하께서 신의 가호를 받으신 것이겠지요."

유진은 아주 겸손하고 그들의 방식대로 말했다. 이제는 어느 정도 혼란도 진정된 터였다.

"허허, 참 말도 잘하는군. 어찌 되었건 짐은 그대에게 목숨 빚을 졌어. 짐이 보답을 하지 않을 수가 없네. 무엇을 원하는가?"

"어찌 보답을 바라고 한 일이겠습니까? 저는 그저 해야 할 일을 한 것뿐입니다. 그로 인해 이렇게 폐하를 알현하는 영광을 누리게 되었으니 이보다 더 큰 영광이 어디 있겠습니까?"

"동양적 겸손인가? 상관없네만, 무언가 바라는 것이 있을 것 아닌가? 짐이 직접 이렇게 나서는 기회는 많지 않네."

두 차례 사양의 뜻을 밝힌 유진은, 이제는 되겠다 싶

신조선책략

어 조심스럽게 입을 열었다.

"황제 폐하, 저는 폐하의 신민인 동시에 조선 사람이기도 합니다. 조선 국왕 전하께서는 서양의 모든 나라들과 수교를 하게 되길 맺길 바라시며, 특히 새로이 이웃이 된 러시아 제국과 돈독한 관계를 맺길 희망하십니다. 저는 이 말을 외무대신 각하께 전해 드리고자 이곳에 왔는데, 직접 폐하를 뵙게 되어 전하의 어명을 전해 드리게 되어 매우 기쁘게 생각합니다."

"음, 그것은 짐이 외무대신에게 이르도록 하지. 조선과 수교를 하고 싶음은 짐도 마찬가지일세."

"황공하옵니다. 하옵고, 제가 프리모르스키―연해주―에서 보니 저희 조선국에서 이주한 백성들이 폐하의 은총을 받아 부유하고 행복하게 사는 모습을 보며 깊은 감명을 받았습니다. 다시 한 번 감사드립니다."

유진은 다시금 최상의 표현을 써 가며 감사를 표했다.

"그런가? 참으로 훌륭한 일이로다. 그런데, 이 자리는 짐이 그대를 치하하고자 부른 자리인데, 그대가 짐에게 계속 찬사를 보내니 이상하군. 정녕 그대는 아무것도 바라는 게 없는가?"

'그럼 내가 당장 여기서 이것 주세요, 저것 주세요 이럴까?'

본심과 달리 유진은 더욱 겸손한 어조로 말했다.

"폐하, 황제 폐하에게 도움이 될 수 있어, 그것만으로 일생의 큰 영광입니다."

"허어, 그대가 자꾸 이렇게 사양만 하니 짐이 새로운 청을 할 수도 없지 않은가."

"무슨 청이신지요?"

"짐이 외무차관에게 들은 바, 그대는 우리 러시아 제국과 청국이 어떤 내용의 조약을 맺을지 짐작하고 있었다고 하더군. 미래에 대한 예측이라고 했던가? 그에 대해서 들어 보고 싶네."

아무래도 베베르에게 한 이야기가 외무차관을 통해 차르에게 전해진 모양이었다.

"폐하, 그것은 어디까지나 제 조악한 추론의 결과에 지나지 않습니다. 폐하께 드릴 만한 말씀의 성격이 못 됩니다."

"짐이라고 그걸 모르겠나? 국가의 외교란 것은 심오하고 복잡한 것이라서, 그대 같이 미천하고 어린 신민이 감히 예측할 수 있는 바가 아니지. 다만 짐은 변방의 목소리도 듣고 싶은 것이야. 그대는 조선 출신이고, 동양의 정세에 대해 아는 바가 많다고 들었다. 앞으로 동양 정세가 어찌 될 것 같은지, 짐에게도 한번 그대의 의

신 조 처 책략

견을 솔직히 말해 보길 바란다."

유진은 주저하다가, 다시 한 번 대신의 권유를 받고 입을 열었다.

이왕 이렇게 평생에 한번 올까 말까 한 기회를 얻은 김에 유진은 하고 싶은 말을 다 하기로 했다.

조선은 오랫동안 평화를 속에서 안분 자족하며 살아왔다.

조선은 세계에 문호를 열지 않은 마지막 나라다. 하나 그 정치적 중요성은 이루 말로 다할 수 없다. 조선의 지정학적 위치는 중국, 일본, 러시아를 동시에 견제할 수 있는 위치다.

동양의 패권을 차지하려는 영국은 반드시 조선에 눈독을 들일 것이다. 이미 미국은 작년에 조선에게 수교를 청했으나 조선은 거절한 바 있다.

하나 이미 일본과 국교를 맺었고, 상국인 청이 조선의 문호 개방을 권유하는 이상, 결국 조선은 서양 각국과 국교를 맺으려 할 것이다. 현재 조선에는 러시아의 남하를 대비하여 중국 및 일본, 미국과 손잡으라는 의견도 있지만 반대로 러시아를 두려워할 것이 없다는 의견도 있다.

러시아가 조선과 국경을 접하게 된 이상, 수교는 필

연이다. 결코 영국에게 선수를 뺏겨서는 안 된다. 지금의 조선은 작고 미약하지만, 충성스럽고 현명한 국민들의 나라다. 문호를 개방하게 되면 반드시 세계 문명에 기여하게 될 것이다.

"이것은 그대의 생각인가? 아니면 누군가에게 들은 것인가?

"제 생각입니다."

"훌륭하군. 그렇다면 앞으로 어찌하는 게 좋겠나?"

"폐하! 저는 조선 이주민의 자식입니다. 조선 이주민들은 러시아에서 살면서 조선에 대해서도 잘 알고 있으니, 그들을 전문적으로 교육시키면 앞으로 큰 도움이 될 것입니다. 그들이 비록 폐하의 은혜로 광활한 토지를 경작하게 되었으나, 아직 그들의 생활 여건은 너무 가혹합니다. 특히 중국인 마적들의 횡포로 이들은 큰 고통을 겪고 있습니다. 폐하, 이들은 참으로 뛰어난 농민들입니다. 이들은 향후 토지를 풍족하게 할 것입니다. 또한 이들을 무장시킨다면, 변방을 방위하고 유사시의 국방을 튼튼히 하리라 생각합니다."

유진의 평상시에 생각하던 바를 말했다. 몇 달 전에 프리모르스키 총독에게 고하지도 못한 것을 차르에게

신조선책략

친히 고하게 되었으니 엄청난 발전이었다.

"극동에서의 조선 이주민의 수는 얼마나 되나?"

"정식으로 등록된 사람만 1만여 명, 그렇지 않은 사람을 포함하면 족히 2만여 명은 될 것입니다."

유진은 조금 과장을 보태서 말했다.

"내무대신, 짐이 1861년에 칙령을 내려 아무르 이주를 촉구했지만 이주민이 늘어나지는 않다고 들었는데. 프리모르스키의 인구가 얼마나 되오?"

"약 8만이라고 알고 있습니다."

"그럼 그중의 2만이 조선인이라는 것인가? 그들에 대한 정책을 세우지 않을 수가 없겠군."

차르는 고개를 끄덕거리고

"그대의 의견은 참고하도록 하겠다. 그 외에 또 청할 것은 없는가?"

"황공하오나 없습니다, 폐하. 러시아와 제가 태어난 나라 조선이 국교를 맺고, 또 제 동포들이 안전하고 행복하게 살 수 있다면 더 바랄 것이 없겠습니다."

"욕심이 없는 청년이로군. 그대가 고한 것들에 대해선 짐이 친히 검토해 보도록 하겠다. 그럼 일단 오늘은 이 정도로 하지."

차르가 손을 한 번 치자, 옆에 있던 시종이 한 상자를 가져왔다. 그 상자에는 차르의 초상화가 새겨진 금화가 잔뜩 담겨 있었다.

"폐하, 이것은……."

"이건 최소한의 성의일세. 사양하지 말도록."

"황공하옵니다."

유진은 동양식으로 깊게 읍을 하며 감사를 표했다.

어전에서 물러나면서, 유진은 꿈이라도 꾼 듯한 기분이었다.

불과 며칠 전만 해도, 이렇게 되리라곤 상상도 못한 일이었다.

이 나라의 절대 권력자인 차르를 만나 자신의 소견을 밝히고, 원하는 바를 청하다니. 웬만한 명문 귀족이라 할지라도 쉽게 누릴 수 없는 영광이었다.

하나 이제 자신은 차르를 구한 생명의 은인인 동시에, 제국의 공로자가 아닌가? 장학금을 받아 대학에 진학할 때 담당관은 이주민의 자식으로 미래가 암담했던 유진을 교육시킨 러시아의 은혜에 감사하라고 했었지만, 이제 러시아 제국이 그에게 감사해야만 했다.

어느새 자신이 역사를 바꾸는 위치에 올랐다는 사실에, 유진은 잠시 동안 짜릿한 기분을 맛보았다.

신
조선
책략

역사는 그렇게 유진에게 기회를 주었다. 앞으로 이 기회가 어떻게 변할지는 그 누구도 알 수 없었다.

〈『신조선책략』 제2권에서 계속〉

부록

일러두기

　[*] 표시가 되어 있는 인물은 가상 인물이고, 특별한 표시가 없는 사람은 모두 역사상 실존 인물이다.

작중 호칭에 대하여
　조선 사대부의 경우, 직접 이름을 부르는 것은 실례되는 행동이었고 호(號, 상대방이 동등하거나 윗사람의 경우)나 자(字, 동등하거나 아랫사람의 경우)로 부르는 것이 관례이다. 고위 관료의 경우 직함으로 부르는 것도 통용되었다.

ex) 유홍기→대치, 김옥균→고우·고균, 박영효→금
릉위

러시아식 이름은 이름+부칭(父稱)+성으로 구성된다.
가까운 사이에는 이름이나 애칭을 부르 나, 격식을 차
려 상대방을 부를 때에는 이름+부칭으로 부른다. 성만
부르는 것은 실례이다.

부칭은 아버지의 이름에서 따오는 것인데, 남성의 경
우 -오비치, -예비치로, 여성은 -오브나, -예브나가
된다. 예컨대 유리 알렉산드로비치는 '알렉산드르의 아
들 유리' 란 의미가 된다.

여성의 성에도 변화가 있는데, 일반적으로 남성의 성
에서 -a 혹은 -ya가 붙는다.

ex) 로마노프→로마노바, 미하일로프스키→미하일로
프스카야

또한 러시아는 키릴 문자를 사용하나, 러시아령에서
예외적으로 폴란드는 라틴 문자를 사용한다.

조선

-김유진(金惟眞)* : 1858년생. 무관 김홍린의 아들. 1867년 러시아령 연해주로 이주. 부모의 죽음 이후 독일인 가정에 입양. 1876년 김나지움 졸업 후 상트페테르부르크 대학 동양학부 입학. 1880년 조선으로 귀국. 러시아식 이름은 유리 알렉산드로비치. 애칭은 외젠.

 -김홍린(金鴻麟)* : 김유진의 아버지. 본래 함경도 북병영의 종육품 종사관. 상관의 미움을 사 무고를 당해 러시아령으로 도피한 후 마적과의 교전으로 입은 부상이 악화되어 사망.

 -유대치(劉大致) : 본명 홍기. 1831년(?)생. 중인 출신으로 조선 개화파 1세대. 명문가 출신 신진 관료들의 사상적 지도자가 되어 이른바 백의정승(白衣政丞)으로 불렸다.

 -박규수(朴珪壽) : 1807년생. 조선 개화파의 시초로 수많은 이들이 그의 문하를 거쳤다. 정일품 우의정. 연암 박지원의 손자. 1877년 사망.

 -오경석(吳慶錫) : 1831년생. 역관 출신으로 조선 개화파 1세대. 유대치와는 막역지간. 종일품 숭록대부. 1879년 사망.

 -오세창(吳世昌) : 1864년생. 오경석의 장남. 1879년 역과 급제. 유대치의 제자.

－오서창(吳徐昌)* : 1869년생. 오경석의 차남. 유대치의 제자.

－강위(姜瑋) : 1820년생. 개화사상가, 금석학자. 1880년 수신사 일행으로 일본 방문.

－김옥균(金玉均) : 1851년생. 1874년 급제. 박규수와 유대치의 제자로 개화파 2세대의 지도자 격. 급진적인 변법개혁파. 정삼품 우부승지.

－계손향(溪蓀香)* : 1866년생. 병인박해로 아버지와 어머니를 잃고 고아가 됨. 운종가 기생.

－김홍집(金弘集) : 1842년생. 1867년 급제. 박규수의 제자. 1880년 수신사로 일본 방문. 귀국 후 황준헌의 〈조선책략〉을 왕에게 바침. 종이품 예조참판.

－이동인(李東仁) : 1849년(?)생. 경상도 양산군 출신으로 개화파 승려. 1879년 유대치의 도움을 받아 일본으로 밀항 후 일본의 명망가 및 영국 공사관과 접촉.

－백춘배(白春培) : 1844년생. 사역원 소속 역관. 유대치와 막역지간. 임금의 명을 받고 1882년 러시아 연해주를 방문하여 정세를 파악.

－장박(張博) : 본명 석주. 1848년생. 함경도 경성 출신 하급 관리. 1878년과 1880년에 연해주를 방문하여 정세를 파악.

－김학우(金鶴羽) : 1862년생. 함경도 경흥 출신. 1870년 가족을 따라 연해주 이주. 청나라 훈춘에서 2년, 숙부를 따라 일본 도쿄에서 2년간 거주하여 3개 국어에 능통.

－최재형(崔在亨) : 1860년생. 함경도 경흥 출신. 1869년 가족을 따라 연해주 이주. 아버지는 노비였으나, 연해주 이주 이후 러시아 학교를 졸업하고 무역선 선원과 관청 통역관으로 근무. 러시아식 이름은 표트르 세묘노비치.

－최 세묜 · 정 이반 · 김 일리야 : 최재형의 초등학교 동창. 졸업 후 러시아 군함 '소볼'에서 수병으로 복무.

－알렉산드라 세묘노브나 보프로바 : 1863년(?)생. 부모를 따라 연해주로 이주했으나 고아가 되었다. 러시아 장교에게 입양되어 조선 여성으로는 처음으로 페테르부르크 고등여학교 재학.

－김광훈(金光薰) · 신선욱(申先郁) : 정삼품 오위장. 1880~82년경 임금의 명을 받들어 연해주를 방문하여 러시아 정세를 살핀 후 아국여지도(俄國輿地圖)라는 지도를 제작하여 바침.

청나라

-이홍장(李鴻章) : 1823년생. 직례총독 겸 북양대신. 양무운동 지도자. 1870년 이후 청 조정의 실권자로 청의 외교, 군사 문제를 전담. 1879년 조선에 서양 국가들과의 수교를 권유.

독일 제국

-알렉산더 폰 엘름스호른(Alexander Von Elmshorn)* : 옛 하노버 왕국 해군 대위. 퇴역 후 러시아령 극동의 무역선 선장으로 취직. 이후 러시아령 레발에 정착. 김유진의 양부.
-헬가 폰 엘름스호른(Helga Von Elmshorn)* : 알렉산더의 부인. 김유진의 양모.
-엘리자베트 폰 엘름스호른(Elisabeth Von Elmshorn)* : 1861년생. 알렉산더와 헬가의 장녀. 김유진의 양매이자 첫사랑. 애칭 엘리제.
-요한나 폰 엘름스호른(Johanna Von Elmshorn)*

: 1863년생. 알렉산더와 헬가의 차녀. 김유진의 양매.

　-오토 폰 비스마르크(Otto von Bismarck) :
1815년생. 독일제국 수상 겸 외무장관으로 독일의 실
권자. 1870~80년대는 비스마르크의 시대라고 불릴
정도로 유럽 정세를 주도했다. 이른바 '철혈 재상'

러시아 제국

　-예카테리나 알렉세예브나 미하일로프스카야(Ека
терина Алексеевна Михайло
вскя)* : 1863년생. 폴란드 출신. 스몰니 귀족여
학교 졸업. 미혼의 귀족 여성으로선 드물게도 동양학에
흥미를 갖고 있음. 애칭은 카챠, 폴란드식 이름은 카타
르지나 미하일로프스카.

　-알렉세이 미하일로프스키(Alexei Michajł
owski)* : 예카테리나의 아버지. 폴란드 귀족. 남작.
1863년 폴란드 독립전쟁에 가담했으나 체포 후 시베리
아 유배. 유배 시절 만주어에 심취하여 전문가가 되었
다. 사면 후 페테르부르크대학 동양학부 교수로 임용.
1879년 병사.

-마리아 미하일로프스카(Maria Michajłowska)*
: 예카테리나의 어머니. 폴란드 출신. 남편의 유배 이후
자식들을 혼자 키우다시피 했다. 그래서인지 딸에게 상당
히 관대한 어머니.

-안나 알렉세예브나 미하일로프스카야(Анна А
лексеевна Михайловскя)* : 알
렉세이와 마리아의 차녀. 예카테리나의 동생. 애칭은
안누쉬카.

-아나스타샤 유리나(Анастасия Юрин
a)* : 우크라이나 출신. 해방 농노의 딸로 미하일로프
스키 가의 하녀. 예카테리나와는 어릴 적부터 함께 자
라 자매 같은 사이.

-알렉산드르 2세(Александр II) : 1818년
생. 로마노프 왕조 15대 황제. 1855년 즉위. 크림전쟁
의 패배로 충격을 받아 1861년 농노 해방과 더불어 사
회개혁을 추진하여 이른바 '해방자 차르'로 불렸으나,
개혁의 미진함에 실망한 급진적 혁명가들의 공격 대상이
되었다. 그의 재위 기간에 알래스카를 미국에 판매했지
만, 중앙아시아와 극동에서 영토가 대폭 늘어났다.

-알렉산드르 알렉산드로비치(Александр
Александрович) 대공 : 1845년생. 차

르의 차남. 형 니콜라이의 갑작스러운 병사 이후 황태
자위를 계승. 보수적이고 완고한 인물.

　-블라디미르 알렉산드로비치(Влади?мир Ал
ександрович) 대공 : 1847년생. 차르
의 3남. 육군중장. 황실근위대장. 최고각료회의 임원.
예술에 흥미가 많아 예술의 후원자가 되었다.

　-표도르 표도로비치 부세(Ф.Ф.Буссе) :
1838년생. 프랑스계. 페테르부르크대학 지리학과 졸
업. 지리학자이자 인류학자. 1878년 극동으로 이주.
이주민 문제 전담.

　-카를 이바노비치 베베르(К.И.Вебер) :
1841년생. 발트 독일계. 페테르부르크대학 중국학과
졸업. 1865년 외무부 아시아국 임용. 1876년 북경 주
재 러시아 공사관 서기관. 1880년 천진 주재 영사.
1882년 조선과의 수교조약을 체결할 담당자로 임명.

　-알렉산드르 예고로비치 크로운(А.Е.Кроун)
: 1823년생. 해군 제독. 1870-75년 프리모르스키
군정지사 겸 태평양 함대 사령관. 재직 당시 고려인 이
주민에게 관대한 정책을 취함.

　-니콜라이 미하일로비치 프르제발스키(Н.М.Прж
евальский) : 1839년생. 지리학자이자 탐험

가. 1867-69년 시베리아와 연해주, 1870-73년 고비사막과 중국 서부, 1876-77년 동투르키스탄과 천산산맥, 1879-80년 티베트를 탐사하여 당대 러시아의 최고 탐험가로 명성을 떨쳤다.

－니콜라이 카를로비치 기르스(Н. К. Гирс) : 1820년생. 스웨덴계. 외교관. 1875년 외무차관 겸 아시아국 국장. 1882년 외무장관.

－미하일 차리엘로비치 로리스-멜리코프(М. Т. Лорис—Меликов) : 1825년생. 그루지야 출신. 육군 대장. 1880년 내무장관으로 임명되어 알렉산드르 2세의 명을 받아 정치 개혁안을 발표.

－이그나치 그리네비츠키(Ignacy Hryniewiecki) : 1856년생. 폴란드 출신. 페테르부르크 대학 수학과. '인민의 의지' 당원으로 1881년 3월 1일 차르에 대한 테러를 시도. 4월 3일 처형.

－알렉산드르 표도로비치 펠트하우젠(А. Ф. Фельдгаузен) : 1832년생. 발트 독일계. 해군 제독. 1880년 블라디보스토크 군정지사 겸 태평양 함대 사령관.

－페르디난트 미하일로비치 베벨(Ф. М. Вебель) : 1855년생. 발트 독일계. 1876년 육군 중위로 러시

아-오스만 전쟁 참전. 1884년 극동군 참모.

 -미하일 양코프스키(Mikhail Jankowski) :
1842년생. 폴란드 출신. 1863년 폴란드 독립전쟁에
가담 후 체포되어 시베리아 유배. 석방된 이후 시베리
아 탐험대에 합류. 1879년 연해주 정착, 목장 경영.
사격술이 매우 뛰어나서 고려인들은 그를 한국어로 '네
눈이'라고 불렀다고 한다.

1880년대의 동아시아 3국 : 제도 및 현황

국명	조선	청	일본
연호	개국기원(開國紀元)	광서(光緒)	메이지(明治)
군주	이형(李熙)	아이신기오로 자이티얀 (愛新覺羅 載湉)	무츠히토(睦仁)
최고 통치기관	의정부(議政府)	군기처(軍機處)	태정관(太政官)
외교전담부서	통리기무아문 (統理機務衙門)	총리각국사무아문 (總理各國事務衙門)	외무성(外務省)
인구	약 1,200만	약 4억	약 3,600만
면적 (마일)	85,000	3,925,000	148,000
1년 세입 (100만 파운드)	-	26	13
무역 총액 (100만 파운드)	-	49	22
개항년도	1876	1842	1854
병력	약 1만 (용병제)	약 50만 (용병제)	약 6만 (징병제)

1880년대의 세계 : 세계의 열강들

● 해외 식민지를 제외한 본토

국명	영 제국	프랑스 공화국	독일 제국	러시아 제국	오스트리아- 헝가리 제국	미합중국
정치체제	입헌군주제 (정당정치)	공화제 (내각제)	입헌군주제 (재상통치)	전제군주제	입헌군주제 (재상통치)	공화제 (대통령제)
국가원수	빅토리아 여왕	쥘 그레비	빌헬름 1세	알렉산드르 2세	프란츠 요제프	체스터 아서
정부수반	윌리엄 글래드스턴 (자유당)	쥘 페리 (온건 공화파)	오토 폰 비스마르크	-	구스타프 폰 칼노기(오) 에두아르드 타페(형)	체스터 아서 (공화당)
인구(백만)	35.3	37.6	45.2	97.7	37.6	50.2
병력 (평화시)	21만 (모병제)	50만 3천 (징병제)	42만 (징병제)	76만 6천 (징병제)	26만 7천 (징병제)	2만 6천 (모병제)
병력 (동원시)	약 60만	약 130만	약 150만	약 170만	약 110만	- (예비군 없음)
증기력 (마력)	7,600,000	3,070,000	5,120,000	1,740,000	1,560,000	9,110,000
농업 생산량 (100만 파운드)	251	460	424	563	331	776
선박톤수 (천톤)	7,010	840	1,150	740	290	2,370
해군력 (톤 수)	460,000	310,000	104,000	160,000	55,000	40,000
철도 (마일)	19,810	20,900	24,270	17,700	15,610	156,080
국가의 부 (100만 파운드)	10,800	8,900	7,500	5,800	4,200	12,820
1년 세입 (100만 파운드)	88.5	121.8	154.7	88.8	74.8	.80.6

통계 출처 : Mulhall, The Dictionary of Statistics(1892, London)

신 조선책략

1판 1쇄 찍음 2014년 11월 5일
1판 1쇄 펴냄 2014년 11월 10일

지은이 | 이 혁
펴낸이 | 정 필
펴낸곳 | 도서출판 뿔미디어

편집장 | 이재권
기획 · 편집 | 윤영상

출판등록 | 2002년 9월 11일 (제1081-1-132호)
주소 | 경기도 부천시 원미구 상동로 117번길 49(상동) 503호 (우)420-861
전화 | (032)651-6513 / 팩스 (032)651-6094
E-mail | bbulmedia@hanmail.net
홈페이지 | http://bbulmedia.com

값 8,000원

ISBN 979-11-315-3670-4 04810
ISBN 979-11-315-3669-8 04810 (세트)